Michael Markaris

Mykonos Love Story 6
Der Rosa Leopard

Michael Markaris

Der Mykonos-Krimi 10

MYKONOS LOVE STORY 6

Der ROSA LEOPARD

Bisher erschienen:
Band 1 „Griechische Brandung"
Band 2 „Jenseits von Mykonos"

Band 5 „Mykonos Love Story 1"
Band 6 "Mykonos Love Story 2 – Das Goldene Ei"
Band 7 "Mykonos Love Story 3 – Morgenröte über Mykonos"
Band 8 "Mykonos Love Story 4 – Mykonos Speed"
Band 9 "Mykonos Love Story 5 – Rape"
Band 10 "Mykonos Love Story 6 – Der rosa Leopard"

Impressum
Titelbild: Markaris/Istockphoto -Karte Wikivoyage
Copyright Michael Markaris 2018
ISBN 9783752811285
Herstellung und Verlag: BoD - books-on-Demand Gmbh

Jeder Band behandelt einen abgeschlossenen Fall, sodass die Bände nicht in der Reihenfolge gelesen werden müssen.

Lediglich die sechs Bände „Mykonos Love Story - (Band 5 bis 10) - gehören thematisch zusammen, da in ihnen die Beziehung zwischen Kommissar Pandis und seinem Geliebten (und späteren) Ehemann Angelos das Grundthema darstellen.

Am Ende von „Mykonos Love Story 1" sind Kommissar Pandis und Angelos gestorben. Der sechste Teil ist das fünfte Prequel und behandelt die (meist glücklichen) Monate vor den tragischen Ereignissen.

Während Band 1 auf wahren Begebenheiten beruht, sind die Prequels hinsichtlich der Kriminalfälle natürlich Fiktion.
Dort, wo private Momente zwischen Paul Pandis und Angelos geschildert werden, entsprechen die Darstellungen aber ohne Abstriche der Wahrheit.

Paul Pandis (jetzt Markaris), 53, ist Leiter der Polizei Mykonos.

Angelos Markaris, 28, ist Mitarbeiter beim Geheimdienst EYP und – wohl wichtiger – Pandis´ Ehemann.

Für Angelos

PROLOG 1

Der Mann hatte sich längst aufgegeben.

Er war mit Tape an einen Stuhl gefesselt.

Es war kalt in dem Raum, indem sich außer drei Stühlen und einem Tisch sonst nichts befand.

Es muss ein Keller sein. Das würde auch die Kälte erklären, die seinen Körper schon erfasst hatte und seine Muskeln lähmte.

Arme und Beine waren durch die Fesselung ohnehin schon taub.

Sie hatten ihn geschlagen. Und nicht zu knapp.

Sehen konnte er nur noch bedingt. Links war das Auge schon fast zugeschwollen. Zähne hatte er auch nicht mehr alle.

Aber er wusste, dass dies erst der Auftakt war. Und dass er nicht der einzige sein würde, der leidet.

Sie würden nicht haltmachen vor seiner Familie. Seiner Frau. Seiner Tochter.

Aischa. Ihm kamen die Tränen.

Das hier waren keine Menschen mehr.

Das waren nur noch Tiere. Ohne jede Empathie.

Aber was hatte er erwartet?

Er hatte sich auf diese Leute eingelassen.

Warum? Blöde Frage.

Er wollte ein besseres Leben und das war mit Arbeit heutzutage nicht mehr möglich.

Er hörte Schritte. Sie kamen zurück.

Die beiden Maskierten betraten den Raum und begannen sofort, ihn wieder zu schlagen. Schmerzen nahmen ihm fast das Bewusstsein. Dann zog einer das Messer.

Ein Dritter betrat den Raum und baute eine Kamera auf. Kurze Verschnaufpause.

Aber dann würden sie ihm wohl den Kopf abschneiden. Er hatte ja keinen Wert mehr für sie.

Das hier war eine Strafaktion und eine Warnung für andere.

Schlimm war für ihn, dass er nicht bestattet werden würde, so, wie es sich für einen Moslem gehört. Man würde ihn einfach in die Wüste schmeißen.

Suchen würde man ihn vielleicht.

Doch niemand wusste, dass er gar nicht mehr in Beirut war. Genüsslich hatten ihm die Herren gesagt, wo er wirklich war.

Nämlich in Bengasi. 2000 Kilometer entfernt.

Die Vorbereitungen für die Aufnahme waren beendet.

Er betete. Zum letzten Male.

Der Mann mit dem Messer blickte zu dem Mann an der Kamera. Der nickte.

Der Mann mit dem Messer kam näher.

Er versuchte, den Kopf zu drehen. Aber es war sinnlos.

Dann kam der Schmerz. Explosionsartig.

Er merkte noch, wie ihm das Messer ins Gesicht schnitt. Seitlich am Ohr vorbei.

Bevor er begriff, dass sie ihm das Gesicht abziehen, gewährte ihm Allah die Ohnmacht.

PROLOG 2

„Wie kann man nur so gut aussehen und dann schwul sein?"
Irini schüttelte den Kopf.
„Was für ein Verlust für die Frauenwelt!"
Stefanos nickte.
„Das Seltsame ist, dass er es angeblich erst mit 28 gemerkt hat. Das glaubst du doch selber nicht! Und dann sucht er sich einen 53-jährigen und macht dem übers Fernsehen einen Heiratsantrag!"
„Es war im Flughafen und kam zufällig im Fernsehen", korrigierte Irini.
Stefanos trank von seinem Gin Tonic.
„Ich meine: 53. Das könnte sein Vater sein!"
„Und was ist das für einer?"
„Bulle. Auf Mykonos."
„Vaterkomplex, sonst nichts."
„Aber sagen darf man nichts. Der Boss ist dick befreundet – mit beiden. Angeblich hat er sogar schon einmal das Auseinanderbrechen verhindert."
Dann flüsterte er weiter: „Und dafür ein Dienst-Flugzeug benutzt, nach Rhodos!"
„Wieso Rhodos?", fragte Irini.
„Weil der Alte sich dort – ritsch – die Adern geschlitzt hat!"
„Mein Gott, wie romantisch!", lachte Irini.
Stefanos grinste schief.

„Mir geht das ganze Angelos-Gelobe des Chefs sowieso schon lange auf den Wecker!"

„Mir auch. Als könnte nur er schießen", lallte Irini, die auch schon drei Cocktails hatte.

„Sag mal, vielleicht sollte ich ihn mal richtig antesten?"

„Du meinst, ihn umdrehen?"

Stefanos lachte.

„Ja, das wäre ein schöner Spaß!"

1

Paul hatte sichtlich Schmerzen.
Seit seiner Vergewaltigung hatte er immer
wieder Probleme. Beim Stuhlgang, aber
natürlich auch beim Sex.
„Sind Sie der Sohn?", fragte der Oberarzt
Angelos.
Und der lief knallrot an.
„Nein, ich bin sein Ehemann, Herrgott!"
„Dann sollten Sie mit Ihrem Gatten etwas
vorsichtiger umgehen. Er ist nicht mehr der
Jüngste!"
Paul konnte sich kaum noch beherrschen und
Angelos musste sich am Bettgestell festhalten,
um den Arzt nicht zu schlagen.
„Ich wurde Opfer eines Verbrechens. Sie
bräuchten ja nur in die Unterlagen zu sehen."
Da tat der Oberarzt dann auch.
„Oh Gott, bitte um Entschuldigung.
Manchmal kommt man nicht zum Lesen, Herr,
äh, Markaris. Und Ihr Name ist?"
Angelos wurde immer röter.
„MARKARIS. Wir sind verheiratet. Heißt Ihre
Frau anders als Sie?"
„Natürlich nicht."
„Eben."
„Wie auch immer, meine Herren. Das
Gewebe ist an der Stelle extrem fein, von
Haus aus. Durch die Gewalteinwirkung ...,

ach du meine Güte – ich sehe die Fotos zum ersten Male … das ist ja … unglaublich. Gut. Weiter im Text. Es wird immer wieder zu Blutungen kommen. Ob es je ganz verheilt, kann ich Ihnen nicht versprechen. Aber es ist an Ihnen, ob Sie einen künstlichen Ausgang wünschen."

„Unter keinen Umständen", sagte Paul.

„Nun. Dann zu Ihnen, junger Mann. Ich kann Ihnen nur raten, sich die nächsten drei Wochen zurückzuhalten. Und danach auch nur in Maßen. Bitte nur mit Kondom, weil die Infektionsgefahr hoch ist."

Angelos Blutdruck stieg schon wieder.

Paul sah es.

„Rücksichtsvoller als er kann man nicht sein", sagte Paul.

„Dann ist ja gut. Gute Besserung!"

Und weg war der Arzt.

„Idiot", murmelte Angelos.

„Es tut mir leid. Ich hoffe, es wird Dir nicht zu viel – oder besser gesagt zu wenig!", sagte Paul. „Vor allem, wenn es länger dauert, bis es heilt."

„Da mach Dir mal keine Gedanken. Ich komme damit zurecht. Zumal es ja noch andere Möglichkeiten gibt."

Angelos lächelte.

„Hier?", fragte Paul.

„Nicht ganz."

2

Kommt ein Mitarbeiter eines Geheimdienstes oder Spezialkommandos in Berührung mit der normalen Polizei, wird das Verfahren bei Nennung des registrierten Namens sofort an den Geheimdienst abgetreten.

Und so saßen die Herren Markaris in einem Polizeiwagen mit einem Ziel, welches sie ahnen konnten.

„Angelos, er flippt aus!", sagte Paul.

Angelos lachte noch immer.

„Der Spruch des Oberarztes war einfach genial!"

„Ganz toll, Angelos."

Auf die Frage, was sie denn da machten, hatte Angelos gesagt, er wollte nur die Heilung der OP-Wunden kontrollieren.

Ziemlich trocken antwortete der Arzt: „Herr Markaris, Ihr Mann hat seine Wunden nicht im Mund und Ihr Penis hat keine Augen!"

Paul musste nun selber lachen.

Sie hatten das Krankenhaus umgehend zu verlassen, Paul hatte sogar sein OP-Hemd noch an.

„Bei 35 Grad die richtige Bekleidung!", meinte er. „Das trage ich ab sofort immer."

„Sonderlich erotisch ist das aber nicht!", meinte Angelos.

„Wenn ich vor Dir knie, siehst Du es ja nicht. Mehr geht im Moment eh nicht."

„Das sag mal Nikos!"

Und da waren sie schon. Das Gebäude der „Versicherungsgesellschaft Apollo", Sitz des griechischen Geheimdienstes, dessen Mitarbeiter Angelos war.

Wie Prominenz wurden die beiden in das Zimmer des Chefs durchgewunken. Nicht ohne Gelächter seitens der Vorzimmer-damen.

Oh Gott, dachte Pandis, die haben bestimmt die Aufnahmen von damals aus der Seilbahn gesehen.

„Ah, die Herren Markaris.

Seid ihr noch ganz bei Trost? Erst in einer Seilbahn. Dann dieser Schweiß-Sex – zugegeben in eurer Wohnung – und jetzt in einem katholischen Beichtstuhl. Wieder mal Erregung öffentlichen Ärgernisses. Und meines persönlichen Ärgernisses. Paul, Du bist 53. Kann man sowas nicht Zuhause machen?"

„Darf ich jetzt auch …", versuchte Angelos seinen Chef zu bremsen.

„Klappe, Angelos!"

„Und jetzt zu Dir. Geheimdienst kommt von ‚geheim'. Ein Agent lässt sich nicht mehrmals von der Polizei festnehmen, weil er in der Öffentlichkeit … Er arbeitet verdeckt und nicht mit heruntergelassener Hose!"

„Paul wollte mich nur zusätzlich motivieren", sagte Angelos.

Paul prustete los.

„Ich hoffe, das legt sich bei euch, sonst rufe ich Richter Mantzaris an. Der wollte Dich doch schon mal zur Therapie schicken!"

„Ist das eine gemeinsame Therapie?", fragte Angelos.

„Raus!"

3

Der Anschiss für Angelos war ungerecht. Es war Pauls Idee, als er sah, dass die Klinik eine katholische Kapelle hatte. Das hieß: Beichtstuhl. Und keine Kameras.

Na ja. Und wenn sein Ehemann ohnehin schon Sexverbot hatte, wollte er wenigstens anderweitig behilflich sein. Und Angelos hatte schon immer ein Faible für außergewöhnliche Locations, wie man heute wohl sagt.

So kam es zu dem Zwischenfall in der Seilbahn in Funchal.

Tja, und diese Mal hatte Paul nicht bedacht, dass das Schloss des Beichtstuhls ein Lichtzeichen gab, das dem Pastor anzeigte, es wäre jemand zum Beichten da. Und ausgerechnet an diesem Tag war auch tatsächlich ein Pastor da.

Kurzzeitig hatte Paul den Eindruck, dem Pastor gefalle das, was er da sah, aber ihm war zweifellos die Sicht getrübt, denn er hatte den Unterkörper seines Ehegatten vor sich.

Dann kam der Oberarzt und dann die Polizei. Aber es gab Gott sei Dank diesmal keine Kameras.

„Erzähl´ das Ganze ja nicht Deiner Mutter!" Die liebte Paul fast mehr als ihren eigenen Sohn.

„Du meinst, dann würde sie Dich nicht mehr so anhimmeln?", sagte Angelos.

„Als wärst Du an allem unschuldig!"

„Bin ich auch. Ich bin der arme kleine Junge und Du das 53-jährige Sexmonster. Und das sage nicht ich, sondern sind die Worte eines Richters!"

Er lachte.

Noch so eine Peinlichkeit, das damalige Verhör, bei dem ein Video zeigte, wie Paul seinem Ehemann den Schweiß aus der Achsel leckte.

Missen mochte er aber all das nicht.

Er musste selber lachen.

4

Als sie wieder zuhause waren, war Familie Markaris erschöpft. Paul spürte die Erschöpfung nach der erneuten Operation. Diese Vergewaltigung würde ihm offensichtlich nicht nur seelisch, sondern auch noch körperlich Jahre zu schaffen machen. Gott verfluche Loukas. Er hatte zwar den höchstmöglichen Preis bezahlt – und Angelos hatte ihm die Geschlechtsteile abgeschnitten – aber das half wenig.

Angelos war ihm eine große Hilfe. Er war rücksichtsvoll, hielt sich beim Sex zurück – besser kann man nicht versorgt werden. Dennoch fragte sich Paul, ob Angelos nicht doch irgendwann die Rücksichtnahme zu viel werden würde. Die teilweise Enthaltsamkeit war mit 28 schwerer zu ertragen als mit 53. Und er selbst wollte auch wieder ein normales Sexleben – was bei ihnen nach all den Monaten noch immer hieß: täglich.

Und das eher mit zunehmender Lust. Beide hatten die seltene Fähigkeit, beim Sex lachen zu können. Bierernst macht es keinen Spaß. Auch hier gehört Humor dazu, es ist ja kein Wettbewerb.

Die Herren legten sich gerade auf die Wohnzimmersofas, da brummte Angelos´

Handy. Es war nicht zu fassen. Keine zehn Minuten zuhause.

Paul ging ran.

„Nikos, wir sind gerade erst zur Türe rein!"

„Darf ich vielleicht mit meinem Mitarbeiter sprechen?"

„Nein. Wohin geht es? Kabul? Tripolis? Die Antwort lautet nein! Ich bin hier auf Hilfe angewiesen!"

„So? Wirklich? Im Beichtstuhl warst Du doch sehr agil. Und meinen Mitarbeiter hast Du doch ‚motiviert', wie Du selber meintest. Und es geht nur nach Athen. Eine Geiselnahme. Der Hubschrauber kommt."

Und Nikos legte auf.

Angelos seufzte.

Paul ließ die Arme sinken.

„Ich weiß, ich weiß. Es ist Dein Job und Du liebst ihn. Und ich soll Dir das Leben nicht schwer machen, indem ich jedes Mal das Gesicht verziehe. Ich habe es Dir versprochen und ich mache es jetzt auch nicht."

„Danke. Aber heute habe selbst ich keine Lust. Oh Mann!"

„Manchmal wäre es mir lieber, Du würdest auf der Uferpromenade Eis verkaufen!", sagte Paul.

„Wirklich? Denk an die Tausende von Schwulen, die dann bei mir Schlange stehen würden und mich mit Blicken ausziehen. Wäre Dir das wirklich lieber?"

Angelos lachte.

„Nein. Mir reicht es schon, wenn wir in der Stadt sind. Man könnte meinen, es gibt keine anderen Männer!", sagte Paul.

„Schönere als mich?", war die erwartete Antwort.

„Hau ab, Du Teufel. Ich liebe Dich!"

Und draußen war Herr Markaris, der Jüngere.

5

Paul schaltete den Nachrichtenkanal ein und wunderte sich über die Schnelligkeit der Nachrichtenverbreitung. Es schien fast so, als würden Verbrecher ihre Taten vorher einem Nachrichtensender verkaufen, bevor irgendjemand die Polizei verständigte.

 Unten lief bereits ein Laufband mit dem Inhalt BREAKING NEWS: ATHEN-GEISELNAHME IN ALPHABANK.

Gott sei Dank war noch kein dümmlicher Reporter zu sehen, der den Zuschauern erklärte, dass er noch nichts wisse, die Polizei alles angesperrt habe und zahlreiche Polizei- und Krankenwagen vor Ort seien. Alles wie gehabt. Da man nichts weiß, verbreitet man Nicht-Nachrichten und so würde es noch Stunden weitergehen, denn die Polizei würde ihre Informationen nie mit den Medien teilen – seit München 1972 weiß jeder Idiot, dass auch Geiselnehmer oder Terroristen Fernsehen schauen. Und in München konnte man den bevorstehenden Einsatz der Polizei live im TV verfolgen. Leider auch die Terroristen.

Wichtig war für Paul nur eines: Scharfschützen sind bei einer Geiselnahme meist auf umliegenden Dächern und außerhalb der Schussweite gewöhnlicher Verbrecher. Die Distanz war für deren Waffen schlicht zu groß.

Gefahr für Angelos gering.

Aber Paul blieb trotzdem am Bildschirm kleben. Berufliches Interesse.

Nun war eine Geiselnahme oder Banküberfall auf Mykonos unwahrscheinlich, denn es fehlte die Fluchtmöglichkeit. Wohin denn? Womit? Und in der Alphabank bestand nun wirklich keine Gefahr. Sie liegt in der Matogianni, der Hauptgasse. Die war gewöhnlich so überfüllt mit Kreuzfahrt-Passagieren, dass Geisel-nehmer überhaupt nicht in die Nähe der Bank kämen.

Nun, wenigstens ein Vorteil der Massen. Zudem würden sie sicherlich von älteren Damen mit ihren Handtaschen niederge-streckt, weil sie es gewagt haben, sich in der Schlange vorzudrängeln.

Angelos, der innerhalb von 22 Minuten vor Ort war, bezog seinen Posten auf dem Dach der HSBC-Bank, die an der Straßenecke gegen-über lag. Zu steil darf der Winkel nicht sein, sonst müsste der Schütze zu weit aus der Deckung. Aber das Gebäude war nicht zu hoch und hatte zudem eine steinerne Brüstung.

Idealzustand. Und nun hieß es einfach: warten. Bis der Befehl kam oder er selber eine Möglichkeit erkannte. Die Spezialeinheit war zwar nie begeistert, wenn sie einen Schützen von außen aufgesetzt bekam. Aber da alle Einheiten, auch die Polizei, dem Militär unterstanden, war jedes Murren zwecklos. Und man musste Angelos´ Schusskünste neidlos anerkennen. Natürlich gab es die – unter Polizisten durchaus üblichen – homophoben Sprüche. Aber es zählte alleine die Leistung.

6

Derweil blieb Paul Markaris, früher Pandis, am Fernseher kleben. Man konnte sehen, dass zwischenzeitlich zahlreiche Nachrichten-sender mit ihren Übertragungswagen vor Ort waren. Und natürlich die unvermeidlichen Hubschrauber, obwohl Flugverbot herrschte. Aber was soll die Polizei tun? Über der Stadt die TV-Hubschrauber abdrängen, mit der Gefahr eines Absturzes mitten in der Stadt? Der Reporter berichtete das Gleiche wie vor einer Stunde, nämlich ... nichts.

Ein Sonderkommando halte sich bereit (wie überraschend), nein, man wisse nicht, wie viele Geiselnehmer es seien (woher auch?) und über die Motive sei auch nichts bekannt (vielleicht Geld in einer Bank?).

Paul ging in die Küche und machte sich einen doppelten Espresso.

Er beschloss, auf dem Sofa ein bisschen zu dösen. Er würde das Geschrei des Reporters schon hören, sollte etwas passieren.

So war es dann auch.

Paul wachte auf, als ein Polizist nur mit Unterhosen bekleidet mit einer Ladung Pizza-Kartons vor der Bank auftauchte.

Gott sei Dank nicht Angelos in Unterhose.

Sonst bekäme die Polizei noch Fanpost.

Die Türe öffnete sich und zwei sichtlich verschreckte Geiseln übernahmen die Kartons. Die Türe ging wieder zu und der fast nackte Polizist zog sich zurück.
Die Situation schien vorbei.
Doch plötzlich ging die Türe wieder auf und heraus kam eine Menschentraube, offensichtlich die Geiseln, denn sie hielten die Arme hoch. Aber inmitten des Kreises, den sie bildeten, sah man die Geiselnehmer, die hinter den Geiseln und deren Händen Deckung suchten. Die Waffen zielten auf die Geiseln.
Dann sah Paul einen bereitgestellten Bus. Das war ihm während des Nickerchens entgangen. Im Schutz der Geiseln zum Bus gelangen. Würde ihnen auch nichts helfen, denn bis zum Flughafen würde man sie nicht kommen lassen. Die Zeiten waren längst vorbei. Es wird gestürmt, komme was wolle. Zur Not wird bei der Zahl der zivilen Opfer schlicht gelogen. Standard.
Am Sinnvollsten war immer ein Zugriff vor Ort. Denn den Tatort kannte man schon. Auf der Fahrt hat man es mit ständig wechselnden stellen zu tun. Risiko viel höher.
Offensichtlich hatte die Polizei auch die Reporter weiter zurückgedrängt. Man schaltete um auf den Hubschrauber.

Dann sah man wie der Kopf eines Geiselnehmers praktisch explodierte. Die Geiseln taten das, was die Polizei erhoffte. Dem Fluchtinstinkt folgend, stoben sie auseinander. Die Geiselnehmer waren den Bruchteil einer Sekunde irritiert, freies Schussfeld. Zwar konnte einer der Geisel-nehmer noch auf flüchtende Geiseln schießen, aber das war die letzte Tat seines Lebens. Alle vier waren tot.

Der Rest interessierte Paul nicht mehr. Einsatz vorbei. Angelos konnte nichts passiert sein. Er würde heil nach Hause kommen.

Nichts hätte verkehrter sein können.

7

Vier Stunden später läutete in Kalafati das Telefon.

„Na, wie fandest Du meinen Schuss?"

„Der erste war von Dir? Himmel, ich hätte alles getroffen, nur sicher nicht den Kopf des Geiselnehmers. Kompliment!"

„Danke. Für irgendwas muss ich ja gut sein!", meinte ein sichtlich aufgekratzter Angelos.

„Du bist noch für viel mehr gut und das weißt Du. Aber die übliche Lobhudelei lasse ich jetzt weg, denn es hört sich an, als würdet ihr feiern!"

„Nur ein kleiner Umtrunk in einer Bar unter Kollegen."

Im Hintergrund hörte Paul eine laute Frauenstimme.

„Habt ihr jetzt schon Frauen unter den Scharfschützen?"

„Ja, Irini. Seit zwei Jahren. Klasse Schützin. Ich komme morgen Mittag mit der 13 Uhr-Maschine."

„Warum so spät?"

„Mir wird morgen früh noch Blut abgezapft. Routine. Also schlaf gut. Und träum von mir!" Paul lachte.

Typisch Staat. Sie holen dich mit einem Hubschrauber, aber nach Hause sollte man mit Ryanair.

Träum von mir!
Genau das würde er tun.
Gott sei Dank war Angelos in Athen. In
Sicherheit.

8

Doch am nächsten Tag wartete Paul vergeblich am Flughafen In Mykonos. Mit der 13 Uhr-Maschine war Angelos nicht gekommen. Seltsam. Und noch dazu ohne Nachricht. Das Handy war aus. Gut, für all das gibt es hundert harmlose Gründe. Er musste aufhören, hinter allem eine Katastrophe zu sehen.
Damit zerstört man sich.
Damit zerstört man den Anderen.

Aber auch um 16 Uhr kam er nicht. Paul beschloss, nach Hause zu gehen. Mittlerweile war er doch zusehends eingeschnappt. Vielleicht hatte er länger gefeiert und dann verschlafen, obwohl: nichts war Angelos so zuwider wie Alkohol.
Seltsam.
Wie ein aufgeregter Teenager, der auf sein erstes Date wartet, lief Paul von einem Zimmer ins andere. Due Ungewissheit nagte. Mit einer tatsächlichen Gefahr konnte man umgehen, nicht mit dieser diffusen Situation, die an sich ganz harmlos schien. Was sie aber nicht war. Dann ging – um 18.30 Uhr – die Türe auf und Paul wusste sofort, dass etwas geschehen war.

Angelos hatte einen Gesichtsausdruck, wie ihn Paul noch nie bei ihm gesehen hat. Er war bleich, die Züge wie eingefroren.

„Hallo, Großer!"
Nicht fragen, sagte Angelos´ Gesicht. Und Paul begriff es sofort. Auch wenn er nicht ansatzweise verstand, was passiert war.
Alle berechtigten Fragen wie

Warum kommst Du so spät?
Warum hast Du nicht angerufen?
Was zum Teufel ist los?

verkniff er sich. Warum eigentlich? Er hatte ein Recht auf Antworten.
Selbstzensur eines Liebenden.
Es kam nichts von Angelos. Kein Wort der Erklärung. Er machte sich Kaffee, aber sein Blick war unstet.
Und Paul stand einfach nur da. Regungslos. Wo war er? Der freundliche, humorvolle Gefühlsmensch, der ihn gestern verließ?

Dann brummte Pauls Handy.
Eine SMS. Wer zum Kuckuck …
Aber es war keine SMS, sondern eine MMS.
Die erste, die Paul je bekam.
Das Bild sollte sein Leben erschüttern.
Es zeigte Angelos beim Sex mit einer Frau.

Schockgefroren. Das Blut blieb in den Adern stehen. Paul glaubte zu fallen. Alles drehte sich.

„Was ist?", fragte Angelos gereizt.

Paul hielt ihm das Handy hin. Angelos sah das Bild und warf das Handy auf die Couch.

Tausend Fragen schossen Paul durch den Kopf. War das das Ende? War Angelos doch nicht schwul? Nein, das konnte nicht sein.

Tatsache aber war, dass Angelos ihn betrogen hatte.

Fragen waren daher überflüssig.

Das Foto sagte alles.

„Wer ist es?", presste Paul hervor.

„Keine Ahnung, könnte Irini sein", war die Antwort.

„Ist das alles, was Du zu sagen hast?"

Und dann rastete Angelos aus.

„Ja. Reden, reden, reden. Ich kann heute nicht reden. Ich möchte nur in Ruhe gelassen werden."

Aha.

„Gut. Du weißt, dass heute und morgen die Handwerker kommen wegen Deinem Fitnessraum hinten. Also musst Du fast hierbleiben. Daher gehe besser ich."

„In Ordnung", war die einzige Reaktion Angelos´.

Dann drehte Paul sich um und machte einen schweren Fehler. Er stellte zwei Fragen.

„Wie soll ich Dir je wieder vertrauen. Und wie soll ich weiter ...?"

Doch Paul konnte den Satz nicht vollenden, denn Angelos fuhr ihn an:

„Wie sollst Du weiter mit mir schlafen, wenn Du weißt, dass er in Irini steckte? Meinst Du das? Dass es Dich deswegen ekelt? Ich verrate Dir etwas: mich ekelt es auch, wenn ich daran denke, dass Loukas in Dir ..."

Er brach den Satz ab – aber es war zu spät. Paul glaubte zu träumen.

So etwas sagt kein Mensch, der einen liebt. Es war grausam und undankbar.

„Dein Sex war freiwillig. Und ich wurde vergewaltigt. An Deiner Stelle, falls Du das vergessen hast."

„Nein, ich habe es nicht vergessen. Ich bekomme es ja täglich zu hören!", raunzte Angelos zurück.

Was nicht stimmte. Paul hatte ihm zu keiner Zeit Vorhaltungen gemacht. Wäre Angelos früher in dem Schuppen aufgetaucht, wäre nichts passiert. Aber es war Paul selber, der Angelos verbot, zu Loukas hochzuklettern.

Paul drehte sich in Richtung Türe.
Was mache ich jetzt? Wo soll ich hin?

„Kann ich das Auto haben?", hörte er sich fragen, wie durch einen dichten Nebel.

Und wieder ging Angelos hoch.

„Es ist unser Auto und außerdem steht Dein Name in den Papieren. Gute Nacht!"

Angelos verzog sich ins Schlafzimmer.

Paul stand draußen vor dem Auto und war dankbar dafür, dass man keinen Schlüssel mehr zum Öffnen brauchte. Er zitterte, als säße er im Zentrum der Arktis.

Wo soll ich hin?

Zu Aris kann ich nicht. Er triumphiert bestimmt.
Seit Paul keine oder fast keine Zeit mehr für ihn
hatte, war Aris wie verwandelt. Aus der
anfänglichen Sympathie für Angelos wurde
Ablehnung, mitunter beißender Spott.

Schöner Freund, der einem das Glück nicht
gönnt.

Jetzt konnte sich Paul vorstellen, was Aris
sagen würde. Wem konnte er überhaupt
erzählen, was Angelos zu ihm gesagt hat? Es
war so unfassbar verletzend, so unterirdisch,
dass er es selbst in Gedanken nur schwer
zusammen bekam.

Das Problem: noch immer wurde Paul nicht
wütend. Nicht, dass er Schuld bei sich selber
suchte – er hatte keine. Er hatte nichts falsch
gemacht, dessen war er gewiss.

Hupen.

Erschrocken blickte er nach rechts.

Er hatte ein Auto übersehen, die Vorfahrt
genommen. Der Fahrer rief das übliche
„Malakka!" und zeigte ihm den Finger.

Zusammenreißen. Wohin?

Mit wem reden?

Miguel.

Miguel war 23 und trotzdem Besitzer eines
Hotels. Sein Freund war ermordet worden,
hatte ihn aber kurz vorher als Alleinerben
eingesetzt.
Bei den Ermittlungen lernten er und Paul sich
kennen und schätzen. Miguel hatte den Täter
später ermordet – und Paul hat alles
vertuscht. Mit tatkräftiger Hilfe des Richters,
der größtes Verständnis zeigte.
Gerechtigkeit auf dem kleinen Dienstweg.

„Mein Gott, wie siehst Du denn aus?", fragte
Miguel, der hinter der Bar stand.
„Du zitterst ja am ganzen Leib!"
Er brüllte „Vertretung Bar" und schob Paul ins
Hinterzimmer.

„Er hat was gesagt?" Miguel schaute
betreten.
„Das glaube ich nicht."
„Ist aber leider so."
„Ich gebe ja zu, dass ich alles dafür gegeben
hätte, wenn ich …"
„Ich weiß, Miguel. „Nun hast Du ja freie Bahn",
meinte Paul resigniert.
„Ich bin Dein Freund, Paul. Ich würde so
etwas nie tun. Schon gar nicht in einer
solchen Situation. Und nachdem, was Du mir

erzählt hast, würde ich nicht einmal wollen. So etwas sagt man nicht. Nicht nachdem, was Du durchgemacht hast. Er ist wohl doch nicht derjenige, der er zu sein scheint!"

„Es passt einfach nicht zu ihm. Er war noch nie verletzend, gemein oder aufbrausend. Niemals!"

„Es muss etwas passiert sein in Athen", sagte Miguel.

„Das siehst Du doch auf dem Foto, oder nicht?"

„Das sieht so aus, ja. Aber das kann nicht alles sein."

„Wo soll ich nur hin? Nach Hause kann ich nicht."

„Du bleibst erstmal hier. Ich habe noch zwei Zimmer frei. Wenn Du Lust zum Reden hast, reden wir. Wenn nicht, lass ich Dir Deine Ruhe. Zu sagen, das Leben geht weiter, spare ich mir. Ich weiß, für Dich gilt das nicht. Oder es erscheint Dir momentan so."

Paul nickte nur. Er hatte keine Kraft mehr.

„Ich bleibe hier erstmal sitzen."

Zeitgleich war in Athen die Abschlussbesprechung des Einsatzes zu Ende.

„Gratulation, Stefanos. Gut gemacht", meinte Nikos.

„Ich weiß, es war wieder Angelos, der besser war. Na, dann hatte er gestern ja einen Doppelerfolg!"

„Wie meinst Du das?"

„Nun, ich denke, nach unserer Feier hat Irini ihn umgedreht!" Stefanos grinste.

Nikos packte ihn am Kragen und stieß ihn an die Wand.

„Was habt ihr getan?", schrie ihn Nikos an.

„Was soll das? Geht Dich jetzt unser Privatleben auch schon etwas an? Wenn Angelos plötzlich Lust auf Frauen verspürt, dann darf er das doch. Ich verstehe sowieso nicht, was er an dem alten Knacker findet!"

Nikos verpasste ihm einen Faustschlag ins Gesicht.

„Der alte Knacker ist mein Freund. Und die beiden sind glücklich miteinander!"

„Wie gesagt, es geht Dich nichts an!"

„Da täuscht Du Dich. Wenn meine Mitarbeiter das Privatleben eines Kollegen zerstören, zeugt das von mangelnder charakterlicher Eignung. Wenn ich herausfinde, dass ihr ein

Spiel getrieben habt, dann Gnade euch Gott!"

Nikos ging zu Maria ins Vorzimmer.

„Irini sofort zu mir."

Stefanos und Irini standen wenige Minuten später vor Nikos.

„Ihr beide gebt sofort eure Dienstmarken ab und eure Dienstwaffen. Ihr bleibt im Gebäude, bis ich euch erlaube zu gehen. Ich will nichts hören und jetzt raus!"

Die beiden zogen ab.

Diese Beziehung würde ihn noch ins Grab bringen. Aber diesmal konnten Paul und Angelos nichts dafür. Nikos war sich sicher, dass eine Sauerei im Gange gewesen ist. Und er würde es herausfinden. Dann würden Köpfe rollen.

Derweil saß Paul noch immer regungslos auf seinem Stuhl. Seine Schwiegermutter konnte er nicht um Rat fragen. Jede Mutter wäre froh, wenn ihr schwuler Sohn wieder normal würde. Es gäbe doch Enkelkinder! Aber Merlina hatte ihn, Paul, ins Herz geschlossen und schon einmal ihre Beziehung gerettet. Damals war es eine Intrige. Aber jetzt ein Seitensprung und dann diese unfassbare Beleidigung.

Nein. Es würde nach Petzen aussehen. Und welchen Rat sollte sie ihm geben? Es war geschehen und nicht mehr rückgängig zu machen.

„Geht's Paul?", fragte Miguel alle halbe Stunde. „Ich weiß, die Antwort ist ‚nein'. Wenn Du etwas essen willst, sag es. Versprich mir, keine Dummheiten zu machen. Ich hatte schon mal eine Leiche vor der Türe. Kleiner Scherz!"

„Nein, ein zweites Mal mache ich das nicht!"

„Das zweite Mal?", fragte Miguel erschrocken.

Paul erzählte ihm die Geschichte von Angelos´ Bruder und den späteren Ereignissen in Rhodos.

„Oh Gott. Und er hat damals geglaubt, Du würdest mit seinem Bruder …?"

„Es sah ja auch so aus", meinte Paul.

„Nein. Keinen Moment hätte ich das geglaubt. Dann ist er ein noch größeres Arschloch als ich dachte!"

„Ist er nicht. Oder besser: war er nicht."

„Hör auf, ihn in Schutz zu nehmen!"

„Miguel, er ist derjenige, der unsicher ist und deswegen anfälliger für Eifersucht oder schräge Gedanken. Gott weiß, warum, bei dem Aussehen!"

Paul machte eine Pause.

„Aber das alles ist ohnehin Makulatur."

Und dann brach es durch. Er begann hemmungslos zu weinen. Doppelt verletzt.

Miguel nahm ihn in den Arm.

Der Barmann sah in den Hinterraum.

„Verpiss Dich!", brüllte Miguel.

Paul musste lachen.

„Du bist aber schnell Chef geworden!"

„Ja. Sonst tanzen dir alle auf der Nase herum. Es gibt immer und überall Grenzen. Das gilt auch für Dich und Angelos. Sei mir nicht böse, aber er ist es nicht wert."

„Der Angelos von heute nicht. Da gebe ich Dir recht!"

„Katsakis, hallo Nikos! Wir haben ein Problem!"
Da hast du vollkommen recht, dachte Nikos.
„Du weißt, das heute die Routine-Blutprobe
abzugeben war, die wir alle drei Monate
machen. Und einer der Agenten hat
offensichtlich ein gravierendes Problem."
„Und nun lass mich raten, wer es ist: Angelos!"
„Woher weißt Du es schon?", fragte Katsakis
verblüfft.
Katsakis leitete die Pathologie, war aber auch
der medizinische Berater des EYP.
„Ich weiß es nicht, ich hatte nur so eine
Ahnung. Raus mit der Sprache!"
„Es ist kein klassisches Drogenproblem,
sondern eher beunruhigend und in der
Zusammenstellung nicht erklärbar. Wir haben
Spuren von Sulfo gefunden!"
„Sulfo?"
„KO-Tropfen, Nikos. Dann dazu Sildefanil. Und
bevor Du jetzt fragst. Eine potenzsteigernde
Substanz. Du kennst sie als Viagra."
„Nie gehört, nie gebraucht!"
Katsakis lachte.
„Ich bin aber noch nicht fertig. Jetzt kommt
der Clou. Wir schätzen, dass Angelos noch
mindestens 400 mg Opioide eingenommen
hat."
„Oder besser gesagt: ihm zugeführt wurde!"

„Wer würde so etwas tun. Ein feindlicher Geheimdienst?"

Nikos verzog das Gesicht.

„Nein, Katsakis. Die eigenen Leute. Frage 1: Hinterlässt das alles Schäden? Frage 2: wie verändert sich das Verhalten? Und sage jetzt nicht, dass hängt von der jeweiligen Person ab!"

„Es hängt von der jeweiligen Person ab."

Katsakis lachte.

„Meine Vermutung: extreme Euphorie, noch extremerer Sexualtrieb, das alles kurz vor dem Herzinfarkt. Danach fehlende Erinnerung und von den Opioiden weiß man, dass sie zu extremer Gefühlskälte führen. Der Tag danach ist grausam. Und Du meinst, Kollegen haben ihm das angetan. Warum?"

„Wahrscheinlich sahen sie es als Spaß an, einen Kollegen umzudrehen."

„Ich will Dir ja keine Vorschriften machen, aber ich würde …"

„… die Typen feuern!", ergänzte Nikos.

„Es gibt aber noch ein Problem. Angelos ist HIV-positiv. Ich warte noch auf die B-Probe. Nun, es lässt sich inzwischen gut behandeln."

Um Gottes willen! Der arme Kerl. Und wenn er es nicht wusste, hatte er natürlich Paul angesteckt. Wenn Katsakis es trotz der regel-

mäßigen Tests nicht entdeckt hatte, hieß dies:
es kann erst vor kurzem passiert sein?
Aber was sollte er jetzt tun? Vielleicht war auf
Mykonos bei den beiden alles in Ordnung?
Er wollte keine schlafenden Hunde wecken.
Saublöd.
Paul aber musste es erfahren.
Er griff zum Handy.
Manchmal hasste er seinen Job.

13

Die folgenden zwei Stunden sollte Paul nicht vergessen.

Es kamen gleichzeitig Anrufe von Nikos und Angelos´ Mutter.

Er entschied sich für die Schwiegermutter.

„Hallo Paul, ich bin hier am Flughafen und fahre dann zu euch. Ich weiß, Du bist nicht da, aber ich will zuerst mit Angelos sprechen. Er hat mittags angerufen und stammelte nur wirres Zeug. Ich habe richtig Angst bekommen. Ich hatte schon probiert, Dich anzurufen, aber Du warst nicht erreichbar."

Das Display zeigte 5 x Merlina, 3 X Nikos, kein Angelos.

„Kannst Du mir sagen, was los ist?"

Paul erzählte es ihr.

Stille am Telefon.

„Er hat gesagt, er ekelt sich vor Dir, weil Du vergewaltigt wurdest? Obwohl Du es für ihn.."

„Ja. Von dem Seitensprung ganz zu schweigen. Es ist verrückt, aber es klingt nicht nach unserem Angelos. Der Mann, der da vor mir stand, war ein vollkommen Fremder. Gefühlskalt und grausam. Aber ich weiß nicht, was ich getan haben soll, auf Fragen reagiert er nicht."

Von der Episode im Beichtstuhl im Krankenhaus wollte er lieber nichts erzählen. Merlina

war sehr gläubig und würde ihnen dies nie verzeihen. Sie war auch noch katholisch und nicht orthodox, wie die meisten Griechen.
„Ich will es selber von ihm hören, was er gesagt hat. Ich glaube Dir natürlich. Nur: es klingt nicht nach meinem Sohn."
„Nein, Merlina, das tut es nicht!"

14

Der nächste Anruf kam von Nikos.
„Hallo Paul, wie geht es Dir?"
Stille. Paul war zu keiner Antwort fähig.
„Gut, ich verstehe. Ehekrach. Hör mir jetzt gut
zu: Mach Angelos keine Vorwürfe. Ich bin
einer Riesensauerei auf der Spur. Wenn er
etwas getan hat, dann halte Dich zurück."
„Was meinst Du. Weißt Du, was er zu mir
gesagt hat?"
Paul erzählte es und war entsetzt über die
laue Reaktion von Nikos.
„Das war nicht er selbst. Ich kann es Dir noch
nicht erzählen. Halt einfach still."
Stillhalten.
Er war schon schockgefroren!
Aber es geschah im Sekundentakt.

„Oh Gott", rief Miguel.
„Angelos ist da, mit dem Taxi!"
„Ich bin nicht da!"
Angelos kam zur Bar, noch immer bleich und
verwirrt.
Und Miguel hatte – entgegen bisherigen
Gelegenheiten – kein Strahlen auf dem
Gesicht beim Anblick von Angelos.
„Du bist ein Arschloch, Angelos. Das hat Paul
nicht verdient. Einen solchen Spruch hat

niemand verdient, der das durchmachen musste."
Keine Reaktion.
„Ist er hier?"
„Nein. Er ist vor einer Stunde gegangen, aber ich weiß nicht wohin!"
Angelos drehte sich um und wollte gehen.
„Wie konntest Du nur?", rief ihm Miguel hinterher.
Da kam er zurück und sagte:
„Du weißt gar nichts. Du verstehst nichts."
Und nach einer kurzen Pause kamen die zwei Sätze:
„Auch ich bin vergewaltigt worden.
Und zwar vom selben Mann!"

Miguel erstarrte. Paul, der noch immer hinter der Tür saß, ebenso.
Und Angelos ging mit hängenden Schultern hinaus.
Paul konnte nicht fassen, was er gehört hatte.
Loukas hatte auch Angelos vergewaltigt?
Wann? Wo? Wie?
Er begann, den üblen Spruch vom Vormittag neu einzuordnen.
Es blieb aber immer noch der Seitensprung, der mit der Vergewaltigung nichts zu tun hatte. Oder doch?

Und wenn die Geschichte stimmen sollte, warum hat Angelos nie etwas darüber erzählt?

Weil kein Mann auf der Welt freiwillig zugeben würde, dass er vergewaltigt worden war.

Und deswegen existierte diese Straftat nicht, obwohl es jeden Tag irgendwo auf der Welt passiert.

Auch in Ihrer Nähe.

Derweil hatte Nikos das endgültige Blutbild.
Diese Arschlöcher hätten Angelos fast umgebracht. Die Konzentrationen waren atem-
beraubend. Und am nächsten Tag schlug
alles durch. Samt der Gefühlskälte, die die
unglaublichen Sätze erklären könnten.
Er rief Paul an und berichtete ihm.
„Ich habe die zwei entlassen. Solche Kollegen
braucht keiner. Wir hier schon gar nicht."
„Du sagst also, er konnte für all das nichts?"
„Ich kann Katsakis fragen, ob er Dir die selbe
Kombination verpassen kann, wenn Du das
möchtest!"
„Nein, danke. Ich weiß zwar nicht, ob sich das
wieder einrenkt, aber zum wiederholten Male
hast Du uns oder mir geholfen!"
„Euch, Paul. Es gibt euch nur zusammen. Es ist
das, was Angelos wirklich will."
„Ich weiß es nicht."
„Ach, komm. Jetzt fahr nach Hause."
„Bravo. Da sitzt die Schwiegermama."
„Ich dachte, sie vergöttert Dich?"
„Tut sie."
Miguel hatte alles mitgehört.
„Klingt nach Räuberpistole. Aber ich habe
auch schon einen solchen Umdrehversuch
hinter mir. Bei mir steckten die eigenen Eltern
dahinter!"

„Danke, Miguel, für das Asyl."

„Heißt, Du fährst jetzt nach Hause, verzeihst ihm alles und schaltest wieder in den ‚Angelos-ist-Gott-Modus'?"

„Das kann ich Dir nicht sagen. Ich will erst die Geschichte der Vergewaltigung hören. Ich glaube, das ist der Schlüssel für vieles."

„Also, wenn Du ihn nicht mehr willst..."

Paul drehte sich um und zum ersten Mal an diesem Tag gelang ihm ein Lächeln.

„Nur ein Scherz."

Mit Herzklopfen fuhr Paul nach Kalafati. Der Wind blies, wie er nur auf Mykonos blasen konnte. Passend zu stürmischen Beziehungszeiten. Er wusste, die nächsten Minuten würden über sein zukünftiges Leben entscheiden.

Er zitterte und beschloss zu klingeln, um nicht in ein Gespräch zwischen Schwiegermama und Angelos zu platzen.

Wieso nahm er eigentlich immer Rücksicht auf andere?

Merlina öffnete die Türe und weinte hemmungslos. Paul wusste gar nicht, wie ihm geschah.

„Du musst ihm verzeihen, Paul, bitte. Er …", und sie begann wieder zu weinen.

„Hallo, Paul", sagte Angelos.

„Hallo, Großer! Du hast gesagt, Du willst nicht immer reden, aber ich denke, es bleibt keine andere Lösung, oder?"

„Bitte redet!", ging Merlina dazwischen.

„Mein armer Sohn!"

Angelos hatte noch immer Probleme, sich zu konzentrieren.

„Ich weiß nicht, was an jenem Abend passiert ist. Du musst mir glauben, Paul. Ich trinke keinen Alkohol. Ich habe auch in der Bar nichts getrunken, außer Orangensaft. Das Einzige, was mir aufgefallen ist, war die Tuschelei zwischen Stefanos und Irini. Aber ich dachte, die zwei hätten etwas miteinander. Dann kommt der Filmriss, erst an die Fahrt zum Flughafen im Taxi kann ich mich wieder erinnern. Ich weiß wirklich nicht, was passiert ist, weder in der Bar, noch an dem Ort, an dem das Foto entstanden ist. Das Foto zeigt auch eigentlich nichts."

Da war Paul ganz anderer Meinung.

„Du sagst also, Du hattest keine Absicht, mit Deiner Kollegin zu schlafen?"

Angelos brauste wieder auf.

„Nein. Wie käme ich dazu? Ich schaue keine Frau mehr an, seit …"

„… er Dich kennt, Paul. Und das weißt Du!"

Seine Mutter sprang Angelos zur Seite.

„Gut, dass man das Foto mir aufs Handy geschickt hat, scheint zu beweisen, dass Deine ‚Kollegen' Dir einen bösen Streich

spielen wollten. Sie hätten Dich damit umbringen können, aber …"
„Es scheint zu beweisen? Du hast doch Nikos gehört. Die Zwei sind entlassen worden. Wenn ich nächsten Tag einen Einsatz gehabt hätte, in dem Zustand! Nicht auszudenken!"
„Mach es ihm bitte nicht so schwer, Paul. Es kommt noch mehr", meinte Merlina.

„Merlina, Du weißt, was Angelos zu mir gesagt hat, oder? Das brennt sich ein. Vor allem, wenn du dir nicht erklären kannst, was überhaupt passiert ist. Der Mensch, den du liebst, sagt dir, dass er sich vor dir ekelt, weil du vergewaltigt wurdest."

„Aber ich wusste nicht, was ich da sage. Ich war nicht ich. Ich bin es jetzt noch nicht!"
Er fasste sich mit beiden Händen an den Kopf und begann zu weinen.
„PAUL!", sagte Merlina im Kommandoton.
Er setzte sich zu Angelos auf die Couch und nahm ihn in den Arm. Dessen Körper schüttelte sich und zitterte unkontrolliert.
„Wir kriegen das schon wieder hin, irgendwie!"
„Irgendwie?"
„PAUL! Jetzt bist Du grausam", fauchte Merlina.

„Ich liebe Dich, Angelos. Und das werde ich immer. Wenn Dich das beruhigt."
„Wenn Du es ehrlich meinst und es nicht nur so sagst..."
„Ich habe in meinen 53 Jahren zwei Menschen gesagt, dass ich sie liebe. Der erste war meine Frau – Gott hab sie selig – und das war ein Fehler. Der Zweite warst Du. Und ich habe es nie bereut, bis vorgestern!"

„Schaffst Du es, diese zwei Tage zu vergessen? Ich habe Dich nicht betrogen. Zumindest nicht wissentlich!"

„Nikos hat mir vorgeschlagen, ich solle den selben Cocktail zu mir zu nehmen, den sie Dir verabreicht haben. Aber dann falle ich vielleicht über Deine Mutter her!"
Es war eine Mischung aus Heulen und Lachen, das aus Angelos´ Kehle kam.

„Und jetzt bitte den zweiten Teil der Geschichte ..."
Merlina stand auf und ging in die Küche.
„Ich kann mir das nicht noch einmal anhören!"

„Ich saß bei Miguel hinter der Türe. Ich habe ihn gebeten, Dir nicht zu sagen, wo ich bin. Bitte trage es ihm nicht nach. Aber ich habe gehört, was Du gesagt hast. Ich konnte es nicht glauben, dachte, Du erzählst ihm irgendeine Story!"

„Mit einer Vergewaltigung spaßt man nicht", sagte Angelos leise.

„Wem sagst Du das. Es stimmt also."

Pause.

„Loukas?"

Angelos nickte nur und begann heftig zu weinen.

„Ich konnte es nie jemandem erzählen. Meine Mutter weiß es seit einer halben Stunde. Ich war vollkommen alleine."

„Warum hast Du nicht mit mir gesprochen?"

„Es war lange vor Deiner Zeit!"

„Du redest darüber, wann Du willst. Ich dränge Dich nicht."

„Nein, es muss jetzt sein. Ich muss diesen Dämon loswerden. Sonst verliere ich Dich!"

„Du verlierst mich nicht, Angelos. Ich brauche ein paar Tage, um das alles zu verarbeiten, aber ich bin nicht nachtragend. Spätestens nach Deiner ersten Jogging-Runde bin ich wieder Wachs in Deinen Händen!"

„Mein Sohn hat noch andere Qualitäten", meinte Merlina, die plötzlich unter der Türe stand.

„Als ob ich das nicht wüsste, Merlina, und das weißt Du genau! Ich wollte nur einen kleinen Scherz machen. Hilft uns beiden immer!"

„Bei meiner Vergewaltigung glaubte ich gehört zu haben, dass Loukas sagte ‚Mit dir macht es viel Spaß, mehr als mit Angelos'." Mutter Markaris begann wieder zu weinen. „Ich dachte zunächst, ich hätte das phantasiert und dann wieder vergessen. Aber es stimmte wohl!"

Angelos atmete tief ein.

„Es war vor drei Jahren. Wir beobachteten einen Drogenhändler, der in einem Spielcasino seine Gelder wusch. Harmloses Programm. Dasitzen, Kameras, Wanzen, stinklangweilig. Das ging so über Wochen. Und ab dem dritten Tag fiel mir auf, dass Loukas immer öfter vor Ort war. Nicht, dass er etwas mit dem Drogenhändler zu tun hatte. Nein, ich wusste nach ein paar Tagen: er war spielsüchtig. Er hat große Summen verloren, mit den entsprechenden Zeichen. Schweißausbrüche, ruckartiges Aufstehen und Umherlaufen. Er hat – soweit ich es sehen konnte – in vier Wochen über 100.000 Euro verloren. Was konnte ich tun? Bei Nikos verpfeifen? Ich war gerade zwei Jahre dort, ein Grünschnabel. Ich rief Loukas an und sagte ihm, dass ich mit ihm sprechen müsse. Und er meinte, er habe gerade gekocht, ich solle zu ihm kommen."

„Oh Gott. Mit diesem Psychopathen in einem Raum. Und ich weiß, wovon ich rede."

„Ich dachte, ich tue etwas Gutes für einen Kollegen. Als ich ankam, war er zunächst sehr freundlich. Als ich ihn konfrontierte mit meinen Beobachtungen, bekam er zwar ein Zucken im Gesicht, blieb aber freundlich und versprach, Casinos in Zukunft zu meiden. Er meinte sogar, er wäre mir sehr dankbar.

Wie dankbar, zeigte er mir dann.

Als ich wieder zu mir kam, lag ich nackt auf einem Bett, hatte Schmerzen im Kreuz, es war ein großer Blutfleck auf dem Bettlaken. Es hat etwas gedauert, bis ich begriff, was mir passiert war. Und ich hatte Angst. Ich wusste ja nicht, ob er noch im Raum war oder was er sonst mit mir vorhatte.

Dann sah ich den Zettel:

Schau in Deine Mails. Viel Vergnügen!

Ich ging nach Hause, ich wohnte damals nicht weit weg. Ich bin sofort zum Computer und habe die Mails abgerufen. Und da war sie. Ich kann den Text noch auswendig.

‚Es war schön. Schade, dass Du geschlafen hast. Es war ein Vorgeschmack auf das, was Dir passiert, wenn Du irgendjemand von meinen Problemen erzählst. Und natürlich verschicke ich das Video an alle Kollegen, Deine Freunde, Deine Familie …

Und nun viel Vergnügen beim etwas ruppigen Öffnen Deines Tresors.‘ "

Angelos liefen ein paar Tränen herunter.

„Und dann sah ich mir das Video an. Er hat …, es sah so aus wie bei Dir, Paul. Nur ich war bewusstlos und es gab keinen Holzprügel. Aber … es war furchtbar anzusehen. Es war der größte Schock meines Lebens, bis zu dem Moment, als ich Dich in dem Schuppen fand. Das war noch viel schlimmer."

Pause.

„Ich weiß nicht, wie es Dir geht, aber man fühlt sich schmutzig und man ekelt sich vor einem selber. Idiotisch, denn man ist das Opfer. Ich muss an diesen eigenen Ekel gedacht haben, als ich diesen schlimmen Spruch von mir gegeben habe. Es tut mir so leid, aber Du kannst nicht glauben, dass ich das ernst gemeint habe. Vielleicht wollte ich Dir so einen Hinweis geben, keine Ahnung."

Pause.

„Die Monate danach waren schrecklich. Ich konnte nichts sagen, musste Loukas dauernd sehen. Ich fing an zu trinken und fühlte mich vollkommen wertlos. Dann kam ich nach Mykonos und traf Pavlos. Ab da wusste ich, dass Männer eher mein Ding waren. Aber das war auch nicht gerade erleuchtend, sondern verstörend. Und dann traf ich Dich. Ich jedenfalls wusste sofort, dass ich Dich will. Der große Kommissar, der etwas darstellte, intelligent, erfolgreich und witzig,
Aber ich traute mich nicht und habe drei Monate gelitten."

„Ich habe wohl nicht die richtigen Signale ausgegeben, aber verzeih´, ich wusste damals noch nicht, ich war erst bereit, ..."
„...nach meinem Frontalangriff. Ich war im siebten Himmel. Aber nachts kamen dann die Fragen: Was will er denn von dir kleinem Jungen? Er könnte andere haben. Er wird dich verlassen. Und was ist, wenn er je erfährt, was dir passiert ist. So zerstört man jedes Glück."

„Soll ich Dir sagen, was ich in dieser Nacht dachte? Dass ich unverschämtes Glück hatte, jemand wie Dich gefunden zu haben. Aber wie lange würde er bleiben? Es gibt haufenweise schönere Männer als mich. Vor allem jüngere!"

„Ihr zwei seid ein schwieriger Fall. Aber Paul, eines weiß ich genau: mein Sohn braucht Dich und zwar nur Dich", sagte Merlina.

„Du lachst immer über mich, wenn ich es gerne höre, der Schönste und Beste zu sein. Aber für jemand, der am Boden lag, ist es das Größte, so etwas zu hören. Es ist wie Elixier!"

„Und ich dachte immer, meine Lobpreisungen gehen Dir auf den Wecker!"

„Oh nein. Allein die Erfahrung, dass Du körperlich so auf mich reagierst, ist unbeschreiblich. Und unwirklich. Ich kannte es nicht!"

„Oh Gott, hätte ich all das früher gewusst …", sagte Paul.
„… hättest Du die Finger von mir gelassen", ergänzte Angelos niedergeschlagen.
Und Paul brauste auf.
„Bist Du verrückt? Es hätte nichts geändert. Im Gegenteil: ich hätte Dich noch mehr geliebt. Obwohl: das geht gar nicht. Meine Freunde sagen alle, ich sei im ‚Angelos ist Gott'-Modus!"
Paul lachte.

Und Merlina übernahm das Reden.

„Aber über eines müsst ihr euch klar sein. Es waren bisher immer Schüsse von außen. Und die waren nur erfolgreich, weil es kein blindes Vertrauen zwischen euch gab. Wie konntest Du glauben, Paul hätte etwas mit Deinem Bruder, Angelos? Wie konntest Du glauben, Paul, Angelos würde Dich betrügen?
Weil mangelndes Vertrauen – oder besser Angst – euch bestimmt. Neider und Intriganten von außen wird es immer geben. Es liegt an euch, dass kein Blatt Papier zwischen euch passt. Erst dann seid ihr glücklich."

Eine kluge Rede.

„So und jetzt gehe ich ins Thalasso …"
„Kommt gar nicht in Frage. Du bleibst bei uns!", sagte Paul.
„Nein, danke. Ich möchte den Versöhnungssex nicht hören. Gesehen habe ich ihn ja schon in der Seilbahn."

Gott sei Dank wusste sie nichts vom Beichtstuhl.

19

„Darf ich zu dem kleinen Angelos trotzdem weiter ‚Großer' sagen?", fragte Paul.

„Du darfst alles sagen, Hauptsache, Du lässt mich nicht alleine."

Paul und Angelos lagen im Bett und Paul hielt seinen Gatten im Arm.

„Habe ich um meine Vergewaltigung zu viel Wirbel gemacht?", fragte Paul.

„Nein, wirklich nicht. Du hast es damals ja nicht gesehen. Den Holzprügel, das viele Blut."

„Aber gespürt habe ich es …"

„Natürlich, entschuldige. Bei mir waren es nur seelische Schmerzen. Du hast bist heute körperliche Probleme."

„Mein Gott, da finden zwei Männer zusammen, die beide vergewaltigt wurden. Ausdenken kann sich das keiner."

„Jetzt verstehst Du vielleicht, warum ich Loukas …", setzte Angelos an.

„…die Geschlechtsteile abgeschnitten habe, willst Du sagen. Oh ja, ich hätte es vielleicht auch getan."

Beide sagten minutenlang nichts.

„Aber ihn gibt es nicht mehr. Er hat keine Gewalt über uns. Niemand soll es je wieder schaffen. Deine Mutter hat recht! Es liegt allein an uns. In Zukunft rennt keiner mehr aus dem Haus!"

„Nein. Außer ich gehe Joggen. Was ja in Deinem Sinne ist!"

„Siehst Du: ein weiterer Deiner Vorzüge: Humor in ernsten Momenten!"

20

„Ich war zu grob, oder?"

Angelos schaute fragend.

„Hör auf. Es war wundervoll. Ich dachte schon, ich erlebe das nie mehr. Und vorsichtiger und gefühlvoller kann man nicht sein. Ich möchte nicht, dass Du jedes Mal ein schlechtes Gefühl hast!", sagte Paul.

„Gott bin ich erleichtert, dass Du wieder bei mir bist!"

„Ich war nie weg, Paul!"

Da hatte er recht. Ich war gegangen.

„Das passiert nie wieder!"

„Eines muss ich noch sagen: ich habe noch immer ein schlechtes Gewissen, weil ich damit hätte rechnen müssen, dass Loukas Dir etwas antut. Und nicht darauf bestanden habe, als Erster nach oben in den Schuppen zu gehen. Ich wusste ja, er war ein Tier! Aber ich dachte, im Beisein von Nikos würde er es nicht wagen, Dir oder mir etwas zu tun. Ein furchtbarer Fehler!"

„Was wäre die Alternative gewesen? Dass er Dich so foltert wie mich? Du wärst endgültig zerstört worden oder vielleicht sogar gestorben. Und bei Deinen Grübeleien vergisst Du eines: Ich hatte Dir verboten hochzugehen. Ob es eine Ahnung war? Wir werden es nie wissen", sagte Paul.

„Was wir aber wissen, ist, dass wir uns haben.
Und wenn der Himmel einstürzt."
Paul hielt kurz inne.
„Noch eine letzte Angst von mir, damit alles
bereinigt ist: Es wird immer wieder bluten.
Findest Du das wirklich nicht eklig?"
Angelos lächelte das frühere Angelos-
Lächeln, dem niemand – zumindest nicht Paul
– widerstehen konnte.
„Nein. Und denke nie mehr darüber nach!"

21

Merlina und ihre zwei „Buben", wie sie immer sagte, saßen auf der Terrasse des Thalasso, die in die Bucht von Kalafati hineingebaut war.

„Ihr seht beide fröhlich aus. Ich danke Gott!"

„Ich dachte immer, Dir wäre eine Frau als Partner für Deinen Sohn lieber, Merlina?" Angelos´ Mutter lächelte.

„Eine zickige Schwiegertochter? Im Leben nicht. So ganz einfach ist es zwar mit euch nicht. Aber bisher haben wir doch alles wieder gut hinbekommen."

„Das ist die Untertreibung des Jahres. Du hast mir auf Rhodos das Leben gerettet", sagte Paul.

„Und Du meinem Sohn. Quitt!", war ihre kurze Antwort.

Plötzlich wurde es laut.

„Ah, das Strandboot kommt." Paul lächelte.

„Strandboot?", fragte Merlina.

„Ja. Hop-on-hop-off. Damit können die Partygänger von einem Strand zum Nächsten fahren und bleiben, wo es ihnen gefällt!", erklärte Paul.

„Wo mehr Opfer sind", ergänzte Angelos lächelnd.

„Opfer?"

„Sexualpartner, Mama!"

„Eine unmoralische Insel. So etwas gibt es auf Rhodos nicht!" Merlina lächelte.

„Aber es bedeutet weniger Verkehr auf der Straße", meinte Paul.

Das Strandboot legte wieder ab. Nur wenige waren ausgestiegen. Kalafati ist ein ruhiger Strand – nichts für „People" – außer Windsurfer.

Paul schaute dem Boot nach.

„Sag mal, Angelos, seit wann biegt das Boot links ab? Da kommt doch nur noch Lia. Und da ist doch nichts!"

„Vergiss doch heute mal den Kommissar, Paul!"

„Zu Befehl, mein Herr und Gebieter!"

Nach einer kurzen Pause sagte Paul: „Wenn wir Deine Mutter zum Flughafen gebracht haben, müssen wir hinterher bei Miguel vorbei."

„Muss das sein? Der war mehr als unfreundlich zu mir. Außerdem ist mir bei ihm das mit der Vergewaltigung herausgerutscht. Dabei war er mal Vorsitzender meines Fan-Clubs."

„Er war für mich da an dem Tag. Außerdem sollten wir ihm deutlich machen, dass er das vergessen soll, was Du gesagt hast. Es wissen nur wir drei – und eben Miguel."

Am Flughafen sagte Merlina zu Paul: „Ich hoffe, es passiert die nächste Zeit bei euch nichts. Versprich mir, dass Du nachsichtig bist und auf ihn aufpasst. Er bekommt drei neue Kollegen und das macht mir Sorgen. Was, wenn darunter die nächste Hyäne ist?"

„Dann wird sie erlegt. Ich tue alles, was ich kann, Merlina. Und Du weißt, wie sehr ich Deinen Sohn liebe!"

„Aber glaube nicht, dass er Dich weniger liebt oder braucht. Du weißt jetzt, es stimmt nicht!"

Paul und Schwiegermama umarmten sich.

Und so fuhren die beiden zu Miguel ins Hotel und Angelos rutschte immer tiefer.

„Himmel, Du brauchst Dich nicht zu schämen, tue ich auch nicht", sagte Paul.

Und Miguel begrüßte beide mit Küsschen.

„Sorry, dass ich Dich so beschimpft habe, aber ich war wegen Paul sauer auf Dich. Wenn ich das mit der … gewusst hätte … es tut mir sehr leid, Angelos."

„Du bleibst also in meinem Fan-Club?"

„Auf jeden Fall. Sollte Paul jemals …"

„Das schlag Dir mal schnell aus dem Kopf, Miguel", sagte Paul.

Und wieder einmal tat Angelos etwas vollkommen Unerwartetes.

Er nahm Miguel von hinten in die Arme und leckte ihm leicht über das linke Ohr, mit sofort sichtbarem Erfolg.

„Paul, Dein Mann ist gemeingefährlich."

Draußen sagte Paul:

„Das war fies, Angelos."

„Ach was, es hat ihm doch gefallen. Und viel wichtiger; Du hast den Eifersuchtstest bestanden!"

„Du Teufel!"

22

Angelos und Paul standen am Strand von Paraga, direkt neben dem Eingang des „Scorpio´s", dem angesagtesten Beachclub auf Mykonos.

Kostas (einer der 3 Millionen in Griechenland) fuchtelte mit den Armen.

Man kannte sich.

„Paul, ich habe keine Ahnung, was zurzeit los ist. Das ist heute Abend der Zweite, der umgefallen ist."

Am Strand hatte man einen ohnmächtigen Jungen gefunden, wahrscheinlich noch nicht mal achtzehn.

Der Notarzt hat ihn versorgt und dann in die Klinik bringen lassen. Langsam wurden die Betten knapp – man hatte deren nur neun.

„Ich hoffe, Du hast den Joint nicht weggeschmissen", sagte Paul.

„Ich weiß nicht, was Du meinst. In meinem Club gibt´s keine Drogen!"

Angelos lachte.

„Also die besten Joints meines Lebens habe ich von meinem ersten Freund bekommen – und der war Barkeeper und zwar hier! Wenn Sie einen Moment warten, fällt mir sein Name noch ein."

„Komm, Kostas, erzähle uns jetzt nicht die Geschichte vom Pferd. Der Beachclub ohne

Drogen ist noch nicht eröffnet und den wird
es auch nicht geben."
Kostas wollte protestieren, aber ...
„Du weißt genau, dass ich seit Jahren drei
Augen zudrücke. Es gibt keine Razzien, bei
den Fahrzeugkontrollen wird nicht durchsucht.
Ein Joint hat noch niemanden umgebracht.
Und ich gedenke nicht, daran etwas zu
ändern. Nur, wenn die Kids regelmäßig
umfallen, muss ich etwas unternehmen. Wenn
einer stirbt, dann ist die Hölle los. Auch in
Deinem Club!"
„Schon gut, Paul. Verstanden!"
„Hol Chris!", sagte er zu einem seiner Security-
Männer. „Er ist der Chef-Barkeeper."
Und schon kam er um die Ecke getänzelt.
Paul stellten sich alle Nackenhaare. Tuckige
Schwule waren ihm ein Graus.
„Hallööööchen! Ach, wenn das nicht unser
Kommissar ist!"
Paul verdrehte die Augen.
„Und wer ist denn diese Schönheit? Richtig
zum Anbeißen. Wie wäre es später mit einem
Drink im Separee?"
Kostas schüttelte den Kopf, um Chris zu
signalisieren, dass ... Zu spät.
Paul packte den Barkeeper am Revers und
drückte ihn gegen die Wand.
„Jetzt hör mal zu, Du Tanzaffe. Die Schönheit
ist mein Mann, also etwas mehr Respekt – und

das kannst Du Deinen Kollegen auch gleich sagen. Um den wird nicht herumgetänzelt. Zweitens verkaufst Du Gras. Du gehst jetzt also da rein und kommst mit zwei Tütchen wieder raus. Und zwar wie ein normaler Mensch!"

„Gott, ist der unentspannt! Der braucht dringend mal …"

Und schon musste Angelos dazwischen gehen. Chris bekam seinen Anpfiff von Kostas, denn mit der Polizei sollte man es sich dann nicht verscherzen, wenn es um Drogen geht, insbesondere dann, wenn die Polizei öfters wegschaut.

„Himmel, Kostas. Wo kriegst Du nur diese Typen her?"

Chris kam wieder heraus und gab Kostas die zwei Tütchen.

„Wenn wieder einer umfällt, rufst Du mich an. Ich lass das Zeug analysieren. Vielleicht sollte die Dame hinter dem Tresen den Verkauf die nächsten Tage etwas einschränken, kapiert?"

Paul und Angelos gingen zurück zum Auto.

„Eifersuchtstest 2 durchgefallen, aber mildernde Umstände!", sagte Angelos.

„Entschuldige, aber bei mir war es schon bei dem ‚Hallöööchen' vorbei. Gefällt Dir sowas?", fragte Paul.

„Wenn ja wäre ich wohl nicht mit Dir zusammen!".

„Wehe, Du hättest ihm übers Ohr geleckt!"

Angelos lachte.

„Da wäre mir wahrscheinlich die Zunge abgefallen."

Dann drehte sich Angelos zu Paul und fragte:

„Wozu brauchst Du eigentlich zwei Tütchen?"

Paul grinste.

„Eins für Katsakis, eins für uns!"

„Mein durchgeknallter Kommissar!"

23

Das Tütchen hatte es in sich. Angelos bestand darauf, es deutlich zu strecken, aber kurz nachdem die ersten Wolken aus Mund, Nase und Ohren dampften, merkten die Herren Markaris, dass es sich um etwas Besonderes handelt.

„Grundgütiger, Herr Kommissar. Sowas habe ich noch nicht geraucht."

„Und mein letzter Joint ist zwanzig Jahre her. Muss wohl am schlechten Einfluss liegen!" Und Paul lachte. Es ging los.

„Na, so eine Frechheit. Ich war ein unschuldiger Landbub, bis ich einem Sexmonster über den Weg lief!"

„Ich kenne keine Landbuben, die einem Kommissar die Zunge in den Hals rammen. Die rennen meist davon!"

„Du hast mich ja nicht gelassen. Festgehalten, ausgezogen und ausgenutzt, so war das!" Jetzt lachten beide lauthals und kriegten sich nicht mehr ein.

Jetzt ging es *richtig* los.

„Gott, bin ich hungrig", meinte Angelos und rannte in die Küche.

Nach zwei Riesen-Baguettes folgte der zweite Teil der Gras-Inspektion.

„Himmel, Paul. Kein Wunder, dass die Buben ohnmächtig wurden, wenn sie das so geraucht haben. Hammer!"

„Du siehst, zur Klärung des Falls ist dieser Test unabding ... äh, verflucht, dieses Zeug ist ..." Paul versuchte aufzustehen, strauchelte aber zwei Mal und fiel auf das Sofa zurück.

Angelos kugelte sich auf dem Boden vor Lachen.

„Hoffentlich sind diesmal keine Kameras in der Wohnung!"

Paul lachte laut.

„Der Herr Richter wäre nicht begeistert. Der würde mich zur nächsten Therapie schicken. Was war die erste gleich nochmal?"

„Die Sextherapie, Paul, wegen dem Schweißlecken!"

„Also Schweißlecker werden weggesperrt, aber ... sag mal, ist Dir auch so warm wie mir?"

„Kannst Du laut sagen!"

„Nackt schwimmen?", fragte Paul.

„Auf jeden Fall!", sagte Angelos und die Kleider flogen.

Zweifellos hatten die Herren ein Faible für Duschen oder besser: Sex unter der Dusche. Dusche wurde zum Codewort für Sex. Wasser ist sinnlich, vorausgesetzt, es ist mindestens lauwarm.

Mit Schrecken erinnerte sich Paul an die eiskalte Dusche, die ihm Angelos verpasst hatte – nach einer von Pauls Eifersuchtsattacken.

Noch wichtiger: Kleidung stört die Sinnlichkeit. Insofern ist Nacktbaden durchaus reizvoll.

Es wird noch sinnlicher, wenn die Beteiligten vollkommen stoned sind, dank eines THC-Wertes von 34,5.

Man nimmt den Partner vollkommen wahr – und alles andere verschwindet. Gebäude, Zuschauer – egal. Ekstase pur.

„Das Zeug kommt mir nicht mehr ins Haus", japste Angelos auf dem Rücken liegend.

„Du wirst ja richtig rasend!"

„Sollte das eine Beschwerde sein?"

„Aber nein. Ich muss nur so lachen. Ich sehe noch den Herrn Kommissar Pandis, wie er das erste Mal vor mir stand. Seriös und schlecht gelaunt. Der gleiche liegt jetzt nackt neben mir und knabbert mir das Ohr ab, Autsch!"

„Ja, das war Herr Pandis, jetzt liegt hier Herr Markaris! Und der liebt es, Dir am Ohr zu knabbern."

„Ich glaube, ich sollte Miguel zu Hilfe rufen!"

„Der wäre in Lichtgeschwindigkeit hier!"

Beide lachten.

Gott war das schön.

Und dann kam der Blödsinn-Alarm, wie bei jedem Kiffen.

25

„Wann bist Du das letzte Mal Tretboot gefahren?", fragte Paul mit zunehmend schwerer Zunge.

„Noch nie!"

„Dann wird es Zeit!"

Schon rannte Herr Kommissar vollkommen unbekleidet über Strand und Straße nach Hause. Mit einer Geschwindigkeit, die er zuletzt mit zwölf im Sportunterricht erreicht hatte.

Zwanzig Sekunden später war er zurück mit einem Bolzenschneider.

Die Kette, mit der das Tretboot an einen Baum gebunden war, hielt keine fünf Sekunden. Dann ließen die Herren Markaris das Boot zu Wasser. Noch immer unter heftigem Gekicher.

„Hattest Du schon einmal Sex auf einem Tretboot?", fragte Paul.

„Da ich noch ni..."

Aber ein Tretboot ist für Sex ungeeignet. Vor allem dann, wenn man nicht Herr aller Sinne ist. Es hebt sich schnell aus dem Wasser und schmeißt dann seine Benutzer gerne in das Meer. Da zum Sex zwei gehören, ist dies hinderlich. Aber Paul fand die Lösung.

„Die Rutsche! Du hältst Dich oben fest ..."

Die Umsetzung war dann doch schwieriger als gedacht.

Natürlich achtete keiner der beiden auf das Boot. Warum auch? Es gab Wichtigeres als dies.

Kurz bevor Angelos Paul zum wiederholten Male ins Reich der Sterne schicken wollte, hatte er einen kurzen Augenblick, in dem sich die Realität den Weg bahnte.

„Paul! Runter!"

„Was meinst Du, mein Schatz? Warum hörst Du auf?"

Paul hatte eindeutig mehr von dem Gras erwischt.

Ein Tretboot ist kein schnell reagierendes Schiff. Man kann es längere Zeit steuerlos lassen – um sich anderen Dingen zu widmen -, aber nicht in Ufernähe.

Paul und Angelos waren so beschäftigt, dass sie nicht merkten, wie sich das Boot immer mehr der Küste näherte.

In der Karibik kein Problem. Dort landet man mehr oder weniger sanft auf dem Sandstrand. Den gab es in Kalafati zwar auch, aber er war künstlich. Rechts und links davon bestand die Küste aus Felsen und Klippen.

Nur wenige Augenblicke nach Angelos´ Ausruf knallte das Boot zum ersten Male gegen die Felsen.

Beim dritten Mal gab das Geräusch zu verstehen, dass der Hohlkörper rechts wohl aufgeschlitzt worden war.

Das Tretboot in Seenot war untergangsreif. Die beiden Kapitäne schwammen in einiger Entfernung und lachten.

„War das ein Spaß", meinte Paul, als sie es endlich an den Strand zurückgeschafft hatten.

„Aber Willi wird toben", sagte Angelos, auch er vollkommen außer Puste.

Willi war der Besitzer des Tretbootes.

„Ich habe nicht die geringste Ahnung, warum wir hier sind, Herr Richter! Wir haben damit nichts zu tun", sagte Paul.

„Nicht? Komisch, am Tatort fand sich ein Bolzenschneider mit dem Aufkleber ‚Eigentum Paul Pandis'!"

Himmel.

„Gut. Wir bleiben also beim Verfahren der letzten Male. Paul und Angelos, sonst komme ich mit dem Markaris durcheinander", sagte der Richter.

„Nun, junger Mann, erklären Sie mir bitte, was Sie mit dem Tretboot vorhatten!"

„Eine romantische Bootsfahrt machen, schließlich sind wir frisch verheiratet!", meinte Angelos leise.

„Frisch verheiratet? In der Zwischenzeit saßen Sie bereits drei Mal hier!"

„Zwei Mal, Herr Richter!"

„Klappe, Pandis!"

„Wie kam es, dass Sie die Klippen nicht bemerkten?"

„Wir hatten Sex, Herr Richter!" Angelos lächelte verlegen.

„Auf einem Tretboot?" Richter Mantzaris versuchte krampfhaft sich dies vorzustellen. Allein, es gelang ihm nicht.

„Junger Mann, ich hatte schon beim letzten Male vorgeschlagen, Ihren Gatten zur Therapie zu schicken. Würden Sie das nicht langsam für sinnvoll halten?"

„Ich muss doch …", protestierte Paul.

„Klappe, Pandis!"

„Nein, Herr Richter. Da würde mir etwas fehlen. Es ist doch nicht unnormal …"

„Und außerdem geht es …", setzte Paul an.

„Klappe, Paul", sagte Angelos.

Und Paul hielt die Klappe.

„Erstaunlich, junger Mann. Wie machen Sie das? Kein Mensch auf dieser Insel hat es jemals geschafft, diesen Rüpel zum Schweigen zu bringen. Meist legte er danach erst richtig los. Den haben Sie aber gut im Griff. Ich wollte, dies funktioniere auch bei meiner …"

„Gut, also weiter. In einer Seilbahn, dann das Schweißlecken vor der Kamera…"

Gott sei Dank weiß er nichts vom Beichtstuhl.

„…und dann die Geschichte vom Beichtstuhl im Krankenhaus."

„Herr Richter, es geschah alles im Rahmen von Ermittlungen. Wir waren unter Drogen", sagte Angelos mit fester Stimme.

„Bitte erklären Sie mir das, junger Mann!"

Paul verdrehte die Augen und sank immer tiefer in den Stuhl.

„Sie haben also zwei Päckchen beschlagnahmt, eines davon zu Katsakis geschickt, das andere verzehrt, dann ein Tretboot gestohlen, um damit unter Mondschein zu vögeln, richtig?"

„So in etwa, Herr Richter."

Paul wusste gar nicht, dass Richter Mantzaris solche Ausdrücke kannte.

Aber Angelos setzte noch einen drauf.

„Als Polizist muss man wissen, womit man es zu tun hat. Deswegen haben wir es getestet."

„Aha. Sie empfehlen mir also, vor meinem nächsten Mordprozess meine Frau anzuritzen, um besser verstehen zu können, was der Mörder dachte?"

„Ich kenne Ihre Frau nicht, Herr Richter!"

„ANGELOS", rief Paul.

Aber Richter Mantzaris war keineswegs beleidigt. Das Anritzen seiner Frau schien eine verlockende Aussicht zu sein.

„Junger Mann, Sie scheinen mir der Vernünftigere von Ihnen beiden zu sein. Und wenn man den Gerüchten glauben darf, auch der Vermögendere."

„Ja, Herr Richter."

„Gut. Sie bezahlen das Boot. Ihr Gatte schreibt Hundert Mal mit dem Kugelschreiber: ‚Ich darf in Zukunft in der Öffentlichkeit meine Hose nicht mehr herunterlassen', abzugeben bei meiner Sekretärin bis morgen 18 Uhr. Aber

beim nächsten Mal, junger Mann, sperre ich
Ihren Gatten weg!"
Der Richter lächelte, auch wenn es etwas
schief war.
„Raus hier!"

27

„Hast Du noch alle Tassen im Schrank?",
fragte Paul aufgebracht, hauptsächlich
wegen der Strafarbeit,
„Der ist imstande und schickt mich wirklich zur
Therapie!"
Angelos lachte.
„Das möchte ich gerne sehen, wenn Du an
der Tür kratzt. Müsste ich dann meine Achsel
vor einen Briefkastenschlitz heben?"
„Du bist doch ein Teufel!"
„Im Ernst: Du merkst doch, dass er mich mag.
Und Dich eigentlich auch. Welcher Bootsdieb
kommt mit einer Strafarbeit davon? Noch
dazu mit so viel Humor!"
„Ja, und immer auf meine Kosten. Wer hatte
eigentlich diese bescheuerte Idee?"
Angelos lächelte.
„Du, ich schwöre. Wie kann man aber auch
nur so blöd sein, einen Aufkleber auf seine
Werkzeuge zu machen?"
„Weil eben jener Willi, dessen Boot Du jetzt
bezahlen darfst, sich dauernd Zeug von mir
leiht und nie zurückbringt – deswegen!"
„Beim nächsten Einbruch verwendest Du
besser neutrales Werkzeug!"
„Vielen Dank für den sachdienlichen
Hinweis!", entgegnete Paul.

„Und jetzt entschuldige mich. Ich muss meine Strafarbeit schreiben!"

Pauls Handy klingelte.

Wie er diesen Klang hasste.

„Katsakis."

„Grüße Dich. Danke, dass Du uns mit dem Blutbild geholfen hast. Du weißt nicht, wie wichtig das war."

„Hauptsache, der Haussegen hängt wieder gerade!"

„Tut er. Also?"

„THC 34,5. höchster Wert, den ich je hatte."

„Das haben wir gemerkt!"

28

Nachdem er sein Versprechen, die Hose in der Öffentlichkeit nicht mehr herunterzulassen, oft genug geschrieben hatte, kam Paul sichtlich erschöpft auf den Balkon. Sämtliche Überlegungen, es mit Kopierer oder „copy & paste" zu umgehen, brachten kein Ergebnis, das Richter Mantzaris in die Irre hätten führen können.

„Wieso muss immer ich alles ausbaden?", meinte Paul.

„Weil Du derjenige bist, der immer diese Ideen hat. Außerdem darfst Du dafür meine Achseln lecken!", meinte Angelos lächelnd.

„Miguel und die Tanzmaus würden wahrscheinlich dafür bezahlen oder glaubst Du nicht?"

„Da wette ich darauf!", knurrte Paul.

„Was machst Du eigentlich die ganze Zeit mit dem Fernglas?"

„Ach, ich schaue den Surfern zu!"

„Da ist nur einer und der liegt die ganze Zeit im Wasser. Also nochmal."

„Gut. Ich glaube nicht, dass wir das Tretboot bezahlen müssen!"

Das „Wir" gefiel Paul sehr. Das Gerücht, von dem auch der Richter sprach, dass es Angelos wäre, der das Geld hatte, traf zu und nagte an Paul. Auch wenn Angelos Hundert

Mal betont hatte, es gäbe nur noch gemeinsames Geld und dies auch unter Beweis gestellt hatte, indem er das Auto auf Pauls Namen laufen ließ.

„Ich habe das Strandboot jetzt drei Mal ankommen sehen. Einer springt raus und zieht das Boot ins seichte Wasser und kontrolliert die Tickets. Aber es springt ein zweiter raus und gibt ein Päckchen in Willis Shop ab. Und mit Deiner Beobachtung hattest Du recht. Das Boot biegt anschließend nach Lia ab, was überhaupt keinen Sinn macht."

„Du meinst, die verticken das Zeug fünf Meter von uns entfernt? Das ist schon fast unverschämt!", sagte Paul.

„Und ich verwette zwei Liter Schweiß, dass es in den anderen Stationen genauso läuft", meinte Angelos.

„Ich denke, ich sollte mal nach Kalo Livadi fahren und einen Cappuccino trinken."

„Und ich denke, Du solltest nach Kalo Livadi joggen. Ist doch nur ein Katzensprung!"

Angelos lachte.

„Der Richter hatte doch recht!"

29

„Schiff rein, zwei Mann raus, einer rennt in die Küche mit einem kleinen Paket und fährt mit dem Boot wieder weg."
„Kannst Du mir später erzählen. Der Schweiß trocknet."
Der Geruch machte den Kommissar mehr als nur durcheinander. Ihm vernebelte es die Sinne.
„Himmel. Ab sofort esse ich vor dem Joggen zwei Knoblauchzehen", beschwerte sich Angelos, aber nur halbherzig.
„Nun tue nicht so, als gefiele es Dir nicht!"
„Und wie es mir gefällt, aber Deine Ermittlungsarbeit leidet darunter!"
„Die hatte 25 Jahre Vorfahrt, jetzt kommt mein Mann zuerst."
Welcher Mann hört das nicht gerne?
Das Duschen hatte den zusätzlichen Vorteil, dass von den mitunter auftretenden Blutungen nur wenig zu sehen war.
Als würde Loukas in den Orkus gespült. Dort, wo er hingehört und hoffentlich auch ist.
„So, jetzt kann die Ermittlung fortgesetzt werden. Der Herr Kommissar ist voll motiviert!"
„Gedopt wäre der bessere Ausdruck", Angelos lachte.
„Die Idee ist genial. Mit dem Strandboot alle Verkaufsstellen regelmäßig versorgen. Nichts

auf der Straße, wo die Polizei ja doch mal kontrollieren könnte. Oder sonst was passiert. Schnell, zuverlässig, auf Bestellung. Vollkommen unverdächtig."

„Außer es fällt dem Herrn Kommissar auf!"

„Ich habe mich nur über die Route gewundert. Den Mann mit dem Päckchen hast Du gesehen."

„Aber ich hätte nicht extra hingesehen, wenn Du nichts gesagt hättest!"

„Aber all das bedeutet …"

„…, dass an jeder Anlegestelle ein Mitwisser sitzt. In jedem Beachclub, in jeder Bar", ergänzte Angelos.

„Einschließlich Willi, zu unserem Glück. Weißt Du was so ein Tretboot kostet?", fragte Paul.

„Keine Ahnung!"

„7.000 Euro!"

„Dann sind wir doch dankbar für unseren Spürsinn!"

„Gut, bleibt die Frage, ob es die Besitzer sind, die das Ganze aufgebaut haben. Oder ob es ohne ihr Wissen passiert!", sagte Angelos.

Paul legte den Kopf quer.

„Jaja, schon gut. Naive Vorstellung. Bin halt doch nur ein Hilfspolizist", sagte Angelos.

„Aber anderen Hilfspolizisten lecke ich nicht die Ohren", sagte Paul.

„Himmel, es ist gerade eine Stunde her!"

„Das ist keine Aufforderung zum Sex, sondern lediglich eine zärtliche Geste", meinte Paul.
„Laut Deinen Shorts ist es etwas anderes!"
Und Angelos schüttelte sich vor Lachen.
„Lachst Du mich etwa aus?"
„Nein, ich finde es großartig. Du stehst auf Deinen Mann. Was kann es Schöneres geben?"
Stimmt.

„Nächster Schritt? Nein, nicht Duschen!", sagte Angelos.

„Mir ist es ja sehr zuwider. Aber unser bester Ansatzpunkt ist dieser peinliche Tanzbär aus dem ‚Scorpio´s'"

Paul ließ die Arme hängen.

„Und ich soll es aus ihm herauskitzeln?"

Angelos lächelte.

„Mir fällt kein anderer Weg ein, obwohl es mir graut!"

„Und Du bist sicher, Du hast Deine Eifersucht im Griff?"

Da war sich Paul überhaupt nicht sicher.

„Und wie weit soll ich gehen? Ich brauche da schon genaue Anweisungen!"

„Kein Kuss auf den Mund und die Hose bleibt oben!"

„Sag mal, für was hältst Du mich? Glaubst Du, ich würde mehr tun? Der Typ ist mir ein Graus!"

Das war der falsche Text gewesen.

„Bitte entschuldige. Da ich auf meinen Mann stehe, wie Du sagst, mag ich es nicht, wenn andere ihre Hände an Dir haben!"

„Hast Du eine andere Idee?"

Paul schüttelte den Kopf.

Sie fuhren ins „Scorpio´s" und liefen natürlich Kostas in die Arme.

„Was ist denn nun schon wieder?", war sein erster Satz.

„Begrüßt man so Gäste?", fragte Paul lächelnd. „Schlechtes Gewissen?"

Es war laut.

Pauls Trommelfälle bebten und sehen konnte er auch nur wenig.

Angelos suchte derweil nach seinem Opfer.

Fünf Bars, wahrscheinlich war er an einer in Strandnähe. Dort war der Umsatz am Größten, hatte er von Miguel gelernt. Weil man schnell an den Strand gehen kann, wenn sich die Dinge gut entwickeln.

Oder wenn man ein Tretboot sieht, dachte Paul lächelnd.

Gott sei Dank gab es dieses Mal keine Kamera, außer Nikos hatte eine Drohne auf sie angesetzt.

Und da war sie schon, die rosa Tanzmaus. Paul merkte, wie ihm der Blutdruck stieg. Es war nicht nur die aufkommende Eifersucht im Angesicht dessen, was gleich passieren würde. Er konnte mit femininen Schwulen nichts anfangen und Angelos ging es genauso.

„Hallöööchen! Von Deinem Kommissar lass ich lieber die Finger. Der war ganz schön grob zu mir", sagte Chris zu Angelos.

Das war noch gar nichts, dachte sich Paul.

„Der tut Dir nichts. Der sucht nach jemand. Ich bin nur zum Vergnügen hier!"

„Und was versteht mein Süßer unter Vergnügen?"

„Das musst Du mir schon sagen. Was habt ihr denn im Angebot?", fragte Angelos.

„Du meinst Cocktails? Also da hätten …"

Angelos griff nach Chris´ Hand und präsentierte sein bezauberndstes Lächeln.

Ruhig, Paul.

Aber aus zehn Meter Entfernung versuchte er, den Barmann mit Todesstrahlen zum Schmelzen zu bringen.

„Ich meinte keine Cocktails."

Bei der Berührung von Chris´ Hand hatte Angelos einen leichten Schlag verspürt, Gut, er steht auf mich. Es wird funktionieren.

„Äh, ich weiß nicht. Als Ehemann eines Kommissars …"

„Er muss doch nicht alles erfahren."

Spätestens da war Chris fällig. Angelos streichelte ihm über den Arm.

„Oh Gott, hör auf" – was genau das Gegenteil bedeutete.

„Mehr, Chris? Dann komm ich jetzt mal hinter die Theke!"

Und schon war Angelos hinter Chris, umarmte ihn und leckte ihm über das rechte Ohr.

Paul ballte die Faust. Die Zunge müsste desinfiziert werden.

Himmel, hör auf. Ich bekomme …", sagte Chris.

„Ich weiß", sagte Angelos. „Also?"

„Wir könnten hinten etwas rauchen. Geiles Zeug. Und dann …"

„Was und dann?"

„Vielleicht möchtest Du mal was Jüngeres?"

„Vielleicht …", sagte Angelos.

Schon waren die zwei im Hinterraum verschwunden. Paul war kurz vor der Explosionsstufe drei. Alles sehen – schlimm genug. Nichts sehen – unerträglich.

Fünf Minuten.

Zehn Minuten.

Natürlich malt man sich die schlimmsten Dinge aus.

Vertrauen, Paul. Angelos macht das dienstlich.

31

Chris kam an die Bar zurück und war sichtlich
sauer. Und Paul war erleichtert.
Angelos kam eine Minute später raus.
„Das Zeug ist tatsächlich die Hölle. Mir hat
schon wieder ein Zug gereicht."
„Dann sollten wir schnell nach draußen, damit
Du frische Luft bekommst."
Aber Paul konnte es nicht lassen.
„Wie weit ging es?"
Falsche Frage.
„Wolltest Du mir nicht rückhaltlos vertrauen?
Schafft es eine tänzelnde Peinlichkeit, unsere
Versprechen gleich bei der ersten Gelegen-
heit zu brechen?"
„Nein. Also los. Küss mich!"
„Hier?"
„Ja, genau hier!"
Und Angelos tat es. Mit Hingabe und mit
beiden Händen. So erfolgreich, dass Richter
Mantzaris ihn endgültig einsperren würde,
hätte er es gesehen.
„Hat es dieses Beweises bedurft?", fragte
Angelos.
Paul lächelte.
„Nein, aber mir war danach! Meine Laune ist
erheblich besser."
„Dann können wir uns jetzt Kostas widmen,
oder?"

„Also wie erwartet. Die Besitzer stecken mit drin!", stellte Paul fest.

„Das war auch nicht anders zu erwarten. Es steigert den Umsatz erheblich", sagte Angelos.

Kostas stand vor der Türe und scherzte mit zwei Holländerinnen, zumindest schätzte Paul sie so ein. Deutsch, aber mit viel zu vielen „ch".

„Kostas!", rief Paul.

„Wir gehen jetzt in Dein Büro und Du wirst mir alles erzählen über das hier!" Er zeigte ein etwas größeres Tütchen.

„Oh Shit. Welcher Depp hat geplaudert?"

Es dauerte zehn Sekunden, bis er begriff.

„Du hast Deinen Mann auf Chris losgelassen. Blöde Bar-Schwuchtel!"

Erst da fiel ihm auf, dass er neben zwei Schwuchteln stand. Zu spät.

Angelos verpasste ihm einen Kinnhaken.

„Krankenhaus, Dein Büro oder das Revier?"

„Büro", sagte ein kleinlauter Kostas, der leicht aus dem Mundwinkel blutete.

„Wusste ich's doch!"

Manchmal macht mein Job Spaß, dachte Paul.

32

„Ich weiß nichts, ich sage nichts!"
Ersteres war gelogen. Letzteres war nicht
durchzuhalten.
„Mein lieber Kostas!"
Das war des Kommissars größtmögliche
Drohung. Jeder auf der Insel wusste es.
„Das war das Allerletzte. Die Schwäche
meines Barkeepers so auszunutzen. Das war
unter der Gürtellinie. Und das von seinen
eigenen Leuten", jammerte Kostas.
„Wir sind nicht seine Leute", sagte Angelos.
„Oder würden Sie alle Heteros auf der Insel als
Ihre Leute bezeichnen?"
Schweigen.
„Zurück zum Thema. Wer ist alles dabei? Weiß
jemand im Hafen Bescheid? Wo kommt das
Zeug her? Warum ist der THC-Gehalt so hoch?
Wo wird es umgeladen? Eine Menge Themen,
die wir zu besprechen haben!"
„Es war allein Sache der Barkeeper",
jammerte Kostas erneut.
„Das ist jetzt billig. Jeder weiß, dass in diesem
Club keine Rolle Klopapier aufgehängt wird,
ohne Deine Genehmigung!"
Schweigen.
„Du weißt, was Dir blüht. Ich meine nicht die
Strafe. Denn dazu müssen wir Dir das Ganze
erst beweisen. Das dauert und wird schwer.

Aber ich kann ab morgen den ganzen Abend Verkehrskontrollen machen. Am Tag danach muss die Straße aufgerissen werden. Dann kommt die Lebensmittelkontrolle und findet natürlich etwas. Bei einer Drogenrazzia werden wir auch fündig. Ich habe noch zwei Kilo in der Asservatenkammer!"

Angelos grinste.

Sein Ehemann war eine besondere Art Kommissar. Er erpresst, fälscht Beweise ...

Aber es trifft immer die Richtigen, nie jemanden, der unschuldig ist. Gerät jemand unversehens oder durch einmalige Dummheit in Bedrängnis, so kann er auf Gnade und sogar Pauls Hilfe zählen.

Beispiel Miguel.

Er hatte den Mörder seines Freundes ermordet. Und Paul hatte ihn laufen lassen und Zeugenaussagen manipuliert.

Das Leben eines guten Menschen gerettet und ein Nazi-Schwein in den Orkus befördert.

Paul hatte ein Gespür für Gerechtigkeit und war selber ein guter Mensch.

Angelos bewunderte ihn für die spezielle Handhabung der Dinge.

Und er ist meiner.

33

„Sie sind ein Gauner, Pandis!"

„Markaris, bitte! Kann schon sein, aber ich arbeite nicht in die eigene Tasche."

„Das haben Sie Dank Ihres Mannes auch nicht nötig!"

Das Schwein hatte Pauls wunden Punkt getroffen. Paul packte ihn und zog ihn vom Stuhl hoch.

„Paul! Hör auf. Was hatten wir besprochen?"

„Entschuldige, ich weiß, ich darf mich nicht mehr provozieren lassen. Mein Fehler!"

Kostas knallte wieder auf den Stuhl.

Und dann redete er.

„Es sind alle dabei. Also alle Clubs. Dazu noch einige Bars in Kastro. Aber die können nicht per Boot beliefert werden. Haben zwar Wasserzugang …"

„… aber da sind zu viele Touristen. Und der Wellengang ist in Kastro zu stark", ergänzte Angelos.

Für einen Hilfspolizisten gar nicht übel, dachte Paul.

„Für einen Hilfspolizisten nicht übel, oder?", sagte Angelos.

Oh Gott. Er ist doch der Teufel.

„Du bist ein offenes Buch, Herr Markaris senior.

Außerdem kenne ich Mykonos nun auch schon etwas besser als Du denkst."
Offensichtlich.
„Und wo empfangen dann die restlichen Herren ihre Ware?"
„Sie bekommen sie in Lia. Das Strandboot fährt…"
„… neuerdings auch nach Lia, was nun gar keinen Sinn macht. Dass wir in Kalafati wohnen und uns das vielleicht auffallen könnte – auf die Idee seid ihr Superhirne nicht gekommen."
„Doch, schon. Aber jeder hat gesagt, die zwei haben ohnehin nichts anderes im Sinn als … In der Seilbahn, im Beichtstuhl. Ach ja, und dann Willis Tretboot!"
Angelos lachte und wechselte ins „Du".
„Da hast Du recht, Kostas. Aber ab und zu brauche selbst ich eine Pause. Der Unersättliche von uns beiden ist der Herr da drüben!"
„Angelos! Ich glaube, ich spinne."
„Spaß, Paul, Spaß!"
„Gut, Kostas, weiter im Text. Kurze Zwischen-frage: Ist Miguel dabei?"
„Ja."
Mist. Paul war enttäuscht.
„Ich möchte, dass Du jetzt hier eine Liste der Empfänger machst."

„Dann bringen die mich um!", flehte Kostas fast.

„So schnell stirbt man auf Mykonos nicht!", sagte Paul. „Los!"

„Und ich möchte nicht, dass Du jemand vergisst. Was ich mit der Liste mache, musst Du schon mir überlassen. Mich interessieren nicht die Partygäste und selbst die Club-besitzer sind mir relativ egal, relativ! Zuhören, Kostas!"

„Was bleibt mir schon übrig?"

„Nichts", sagte Angelos.

„Dann kommen wir zu den wirklich wichtigen Fragen: wo wird die Ware umgeladen?"

„Zwischen Mykonos und Naxos. Unterwegs ist dort nur ‚Frontex' und wenn die keine Menschen an Bord sehen, fahren sie einfach weiter!"

Klar, für Drogen sind die nicht zuständig. Und die Wasserschutzpolizei hat zu wenig Geld.

„Gut. Jetzt die goldene Frage!"

„Bitte nicht. DIE bringen mich wirklich um. Bitte. Das sind keine Mafiosi, sondern Mörder. Nein, Massenmörder!"

Kostas schrie fast. Hysterische Angst.

„Ich dachte immer, man sucht sich seine Mitarbeiter selber aus", stellte Paul fest.

„Nein, eben nicht. Die kamen und präsen-tierten ihr Graswunder. Als wir das

Messergebnis bekamen, traf uns fast der Schlag."

„Wegen der immensen Gewinnspanne gegenüber dem normalen Zeug, das ihr vorher vertickt habt. Und zwar schon immer", schoss Angelos ins Blaue.

„Herrgott, natürlich. Unsere Gäste erwarten mehr als nur Alkohol, Beats und Sand! Das bekommen sie auf der ganzen Welt. Dazu muss man nicht nach Mykonos. Aber das Zeug war ein Werbefaktor. Sowas spricht sich heutzutage in ein paar Tagen herum. In ganz Europa. Mehr Gäste, höhere Zusatz-einnahmen ..."

„... 26 Ohnmächtige, zwei davon im Koma", sagte Paul dazwischen.

„Wenn diese Idioten das Zeug direkt rauchen? Wie blöd kann man denn sein? Jeder wusste, dass es Hyper-Gras war. Hätten wir eine Gebrauchsanweisung mitliefern sollen?"

„Gut, Kostas. Zurück zu dem Lieferanten!"

„Nein, Pan ..,, Paul, die Typen ziehen dir die Kopfhaut herunter. Dann vergewaltigen sie deine Frau und dann deine Tochter. Lieber gehe ich ins Gefängnis!"

Kostas hatte tatsächlich spürbar Angst.

Muss so sein, wenn man ein so großzügiges Kronzeugenangebot ablehnt.

Angelos gab Paul einen Wink. Nach draußen gehen.

„Der spielt das nicht. Das sind keine normalen Drogenhändler!", meinte Angelos.

„Stimmt. Das hört sich nach mexikanischen oder kolumbianischen Methoden an. Hier? Bei uns? Das sind meist ein paar Mafiosi, ein paar Russen. Alle nicht zimperlich, aber ..."

„Paul, du vergisst das Zeug. Es kann nicht aus den normalen Quellen stammen. Dafür ist es zu stark. Das ist etwas Neues. Und das soll unter keinen Umständen zurückverfolgbar sein. Deswegen die massiven Drohungen."

„Wenn wir ihn fragen, wird er bestimmt erzählen, dass man ihm ein Video oder eine CD geschickt hat ..."

„Und jetzt, mein geliebter Ehemann? Was nun?"

„Lassen wir ihn erstmal in Ruhe. Fahren wir doch zuerst einmal in den Hafen, oder?"

„Einen Versuch ist es wert ..."

34

Mit Hafen meinte Angelos den neuen Hafen, der gut einen Kilometer nördlich der Stadt errichtet worden war. Für Frachtschiffe, hauptsächlich aber um nicht die Kreuzfahrtschiffe an andere griechische Inseln zu verlieren.

Es war ein zweischneidiges Schwert. Ja, mit den schwimmenden Riesen kamen Tausende Touristen nach Mykonos, aber ob die auch tatsächlich Geld auf der Insel ließen, war fraglich. Essen jedenfalls taten sie meist an Bord, in der Stadt kaufte man maximal einen Cappuccino, ein Eis oder ein billiges Souvenir. Viele Insulaner wollten eine „Venedig-Lösung". Maximal zwei Schiffe pro Tag oder sechs in der Woche – etwas in der Art. Aber entscheiden konnte man sich wie immer nicht. Es wird geschimpft, geredet – passieren tut nichts. Wenn dann drei Schiffe im Hafen lagen, bestand in der Altstadt akute Erstickungsgefahr. Die ohnehin engen Gassen der Stadt wurden zur Kampfzone.

Nun war die Frage, ob die Drogen über Frachtschiffe oder Kreuzfahrtschiffe nach Mykonos gelangten. Zwar erschienen die Cruise Liner unverdächtig, aber: sie machten in jeder größeren Hafenstadt Station und sie fuhren nach einem festgelegten Fahrplan,

beides logistische Vorteile. Die nächst-
liegende Frage war aber, ob Kostas die
Wahrheit sagte, und der Austausch der Ware
tatsächlich auf dem Meer stattfand oder ob
nicht doch der Hafen Teil des Geschehens
war. Durch die chronische Unterbesetzung
der Polizei (5 Mann), dem Nichtvorhandensein
von Zoll-Personal (0 Mann) und dem
konsequenten Wegsehen der
Hafenverwaltung (1 Mann), war Mykonos das
ideale Einfallstor nach Griechenland und die
EU. Wer einmal in Mykonos festgemacht
hatte, war drin.

Die Hafenverwaltung bestand aus einem
Mann, der damit zwangsläufig den Titel
„Hafenmeister" trug. Jener hieß (wie sollte es
anders sein?) ebenfalls Kostas.

Ein junger Mann, der bei einem früheren Fall
an einer krummen Sache beteiligt war – wie
wohl die meisten Hafenmeister der Welt. Ein
Hafen ist nun mal per se das Zentrum für
Drogen-, Waffen- und sonstigen Handel. Und
meist so weitläufig und verzweigt, dass er
praktisch nicht zu überwachen war. Was oft
übersehen wird: in den Häfen enden meist die
alten Abwasserkanäle, die zwar heutzutage
außer Betrieb waren, aber dennoch erstaunlich viel Verkehr aufwiesen.

Kostas wurde damals von Paul erwischt. Gefängnis wäre die logische Folge gewesen. Aber einem klugen Insel-Polizisten sind zwei Dinge wichtig: der Tourismus darf nicht gestört werden und – man braucht ein Frühwarnsystem von Personen, die in der Schuld des Polizisten standen, erpressbar waren.

Für eine gute Sache natürlich.

Paul hatte Kostas auf freiem Fuß gelassen, mit der Maßgabe, dass der Hafen „sauber" wird. Zur Absicherung seines Angebots hatte Paul noch mit der Frau des Hafenmeisters gesprochen und ihr klargemacht, dass sie und ihre Kinder alleine dastehen würden, wenn Kostas nicht parierte.

Am Tag nach der Besprechung mit seiner Frau hatte Kostas ein veritables blaues Auge durch die Stadt getragen.

Nun hatte Paul den Verdacht, dass Kostas vielleicht doch nicht so auf Linie war wie gedacht.

Und sein Eindruck verstärkte sich, als er Kostas´ Gesichtsausdruck sah. Angst kann man riechen.

„Hallo Kostas! Lange nicht gesehen!"

„Es gab auch keinen Grund dafür. Es ist alles sauber. Ich schwöre es. Hast Du einen neuen Kollegen?"

Netter Versuch.

„Darf ich vorstellen? Mein Ehegatte, Angelos, arbeitet beim Geheimdienst."

„Geheimdienst? Auf unserer Insel?"

Ja, du Depp, zur Unterhaltung des Polizeipräsidenten.

„Wenn wir also hier sind, heißt das: es ist etwas passiert."

Kostas zog es vor, nichts zu sagen.

„Sagt Dir der Name ‚Dream Rocket' etwas?"

Unter diesem Namen wurde das Granatengras angeboten. Passender Name, wie Paul und Angelos aus eigener Erfahrung wussten. Dann geschah etwas, was Paul nicht erwartete. Kostas plauderte, ohne Gezeter und Gejammer.

„Natürlich. Extrem gutes Gras, das über alle Clubs und Bars vertrieben wird."

„Na toll. Und auf die Idee, Paul zu verständigen, bist Du nicht gekommen? Ich war zwar damals nicht dabei, aber ich glaube, das verstößt gegen Pauls Bewährungsauflagen", meinte Angelos.

„Bevor ihr mich grillt, solltet ihr euch etwas ansehen."

Er winkte sie ins Büro und setzte sich an seinen Schreibtisch.

Er klickte auf ein Icon auf dem Desktop und los ging es: Zu sehen war ein junger Mann, der mit Tape an einen Stuhl gefesselt war,

Ein maskierter Mann stand links von ihm und schnitt ihm in die Gesichtshaut.

Ohrenbetäubendes Geschrei. Es erinnerte Paul an seine eigene Folter. Der Mann zog den Schnitt weiter über die Stirn bis hinunter zum Kieferknochen. Dann schnitt er an der Stirn nach. Und zog dem Opfer die Kopfhaut nach unten. Gellendes Geschrei.

Paul drehte sich um und übergab sich auf den Boden.

„Himmel. Was sind das für Menschen?"

Angelos blieb ziemlich ungerührt. Solche Bilder waren ihm offensichtlich nicht fremd.

Ich vergesse immer, für wen er arbeitet. Und dass er eben nicht nur Scharfschütze ist, dachte Paul.

Es ging noch weiter. Ein vielleicht zehnjähriges Mädchen wurde auf einen Tisch geworfe …

„Mach aus! Sofort!

Vergewaltigungsszenen konnten weder Paul noch Angelos sehen.

Auch Kostas kämpfte gegen das Würgen.

„Tiere!"

Paul verstand sofort zwei Dinge: er musste die Clubbesitzer weitermachen lassen, sonst droht deren Familien ein Massaker. Und: er und Angelos waren in derselben Gefahr, wenn die Drahtzieher merkten, dass jemand auf ihrer Spur war.

Kostas fing sich wieder.

„Versteht ihr jetzt? Ich will nicht gehäutet werden und ich habe zwei Töchter!"

„Wie ist es abgelaufen?"

Pause. Luft holen.

„Es kamen die Clubbesitzer, als Mittelsmänner sozusagen. Sie wollten die Ware hier im Hafen umschlagen. Außer mir ist hier ja niemand, der ihnen in die Quere kommen könnte. Sie haben mir auch die CD mitgebracht. Ich glaube, jeder von ihnen hat so eine bekommen. Aber ich hatte Glück. Nach zwei Monaten kamen die Herren auf die Idee, die Strandboote zu benutzen. Sie hatten weniger Angst vor Dir, Paul, sorry, sondern vor Deinem Mann."

„Wieso das?", fragte Paul.

„Wenn der Geheimdienst davon etwas mitbekommt, dann erreicht das ganz andere Dimensionen. Dann erfährt es auch das Militär, weil beides zusammengehört. Dann könnte die Marine die Übergaben stören und einige Leute auf Mykonos hätten dann kein Gesicht mehr."

Angelos lächelte.

„Schön, wenn sich jemand vor einem fürchtet."

„Das ist nicht witzig. Das macht Dich zum potentiellen Opfer und mich auch!"

„Und wer denkt an mich?", quäkte Kostas dazwischen.

„Klappe, Kostas!"
Drogen, abgehackte Köpfe, gegrillte Hotel-
besitzer, jetzt Drogen und abgezogene
Gesichter.
Was zum Teufel war bloß mit dieser Insel los?
Als er hierher versetzt wurde, hatte Paul
getobt!
„Was soll ich da? Außer gestohlenen Hand-
taschen passiert dort doch nichts!"
Von wegen!

35

„Und jetzt?", fragte Paul.

Angelos freute sich sichtlich über die Frage. Paul bezog ihn in alles ein, stellte ihn überall vor und akzeptierte ihn als gleichwertigen Ermittler.

Im Grunde genommen nur recht und billig, denn die bessere Ausbildung hatte eindeutig Angelos. Paul hatte 30 Jahre Berufserfahrung, das war sein Pfund.

Insofern waren sie ein gutes Team. Und tatsächlich eine Gefahr für kriminelle Seilschaften.

„Ich denke, zuerst sollten wir das Feld etwas bereinigen und die Randfiguren aus dem Spiel nehmen. Wir können nämlich nicht Dutzende von Leuten samt ihren Familien beschützen. Geht ohnehin nicht."

„Wir werden zu tun haben, uns zu schützen", sagte Paul. „Was meintest Du mit ,Randfiguren aus dem Spiel nehmen'?"

Angelos fuhr wie üblich zu schnell. Und dadurch war an ein normales Gespräch im Auto nur bei geschlossenem Dach möglich. Aber kein Mensch auf Mykonos schließt das Dach, selbst bei Regen nicht. The Show must go on. Nur bei einem ausgewachsenen Wolkenbruch drückte man fluchend auf den Knopf.

„Ich meine damit, dass wir zunächst die Kundschaft in Lia hochnehmen. Die Clubbesitzer sollen die ausgefallene Menge ausgleichen, dann ist es den Lieferanten egal.

Und wir haben eine überschaubare Menge an potentiellen Opfern – die zwar eigentlich auch Täter sind, aber wenigstens keine Kinder vergewaltigen!"

„Hast Du bei den Bildern auch …?"

„Was glaubst Du denn? Ich habe meine ja nur auf CD gesehen. War aber deswegen nicht besser. Natürlich nicht so schlimm wie bei Dir."

„Angelos, glaub´ mir. Ich habe nie gedacht, dass es bei mir schlimmer war als bei Dir. Du warst jung und wehrlos. Ich hasse Loukas mehr für das, was er Dir angetan hat, als für meine … „

Angelos griff mit der rechten Hand an Pauls Hinterkopf und streichelte ihn.

Zustimmung und Zuneigung ohne Worte. Paul lächelte.

„Vergewaltigung. Herrgott, warum ist es so schwer, nur das Wort auszusprechen? Als müsste man sich dafür entschuldigen!"

„Weil es ein Tabuthema ist. Vergewaltigte Männer existieren nicht. Und wenn, sind sie selber schuld. Gerade Schwule."

Sie bogen link ab in die halsbrecherisch enge Straße ins Nirgendwo – nach Lia.

An der Veneti-Bäckerei hatte Yannis gewartet, um hinter ihnen in Lia die Straße zu blockieren – so sollte niemand herauskommen können. Außer, es würde einer zu Fuß fliehen. Einzige Richtung: Kalafati. Und dort würde man denjenigen dann 15 Minuten später einsammeln können.

Paul und Angelos fuhren über den Schotterweg zu der Brache, die sich Strand von Lia schimpfte, aber eher nach der Rückseite des Mondes aussah.

Paul war unwohl.

Er hoffte, dass Miguel heute nicht da wäre. Aber die Hoffnung sollte sich nicht erfüllen.

36

Um 14.30 Uhr legte das Strandboot an. Gäste, die aussteigen wollten, gab es keine. Und auch keine, die zusteigen wollten. Einer der Bootsinsassen sprang von Bord mit einer Tüte, in der zahlreiche Kuverts steckten. Angelos schlenderte scheinbar ohne Grund über den Sand und stellte dem Kurier ein Bein. In drei Sekunden lag er – mit Handschellen – auf dem Bauch.

Der Bootsführer wollte eine Kehrtwende machen, aber Kostas, der Hafenmeister, versperrte ihm den Weg. Das Strandboot war kein Kampfschiff und somit von einer besseren Yacht gut in Schach zu halten oder einzuholen.

Paul winkte Kostas, um ihm zu danken.

Erst jetzt fiel Paul und Angelos auf, dass es erstaunlich viele Insulaner gab, die das dringende Bedürfnis nach Sonnenbaden in Lia verspürt haben mussten. Und das auch noch gleichzeitig.

Paul griff nach dem Megafon:

„Hier spricht die Polizei Mykonos. Bleiben Sie bitte an Ihren Plätzen. Ihnen geschieht nichts. Wir wissen, warum Sie hier sind. Wir fordern Sie auf, uns ins Panorama-Restaurant nach Kalafati zu folgen. Wir werden mit Ihnen sprechen und dann können Sie nach Hause.

Wer nicht mitmöchte, kann sich bei meinen Kollegen melden, die oben eine Straßensperre errichtet haben. Sie werden dann von uns aufs Revier gebracht. Vom Stadtrand zu Fuß durch die ganze Altstadt in Handschellen. Überlegen Sie es sich gut!"

„Fiese Methoden", flüsterte Angelos Paul ins Ohr.

„Aber effektiv."

„Ich glaube nicht, dass Richter Mantzaris begeistert wäre."

„Außer wir versorgen ihn mit einem neuen Sexvideo", sagte Paul.

Im Hintergrund sahen sie Miguel, der sich klein machte. Es half nichts.

„Miguel", hallte es über den Strand. Wie ein begossener Pudel ging er schleppend in Richtung Paul und Angelos.

„Es tut mir leid. Ich konnte nicht anders, Paul. Hallo, Angelos."

Angelos nahm Miguel in den Arm und ging mit ihm ein paar Schritte von Paul weg.

Hallo? Der Kerl hat einen Anschiss verdient und keine Streicheleinheiten. Ich glaube kaum, dass man beim Geheimdienst lernt, IS-Kämpfer durch Kopfkraulen zum Aufgeben zu zwingen, dachte Paul.

Nach wenigen Minuten kam Angelos zurück, während Miguel zum Parkplatz lief.

„Sag Yannis, er soll Miguel durchlassen!"

„Würdest Du mich gnädigerweise mit einbe-
ziehen?", raunzte Paul.

„Möchtest Du alleine ermitteln? Glaubst Du,
ich könne das nicht? Du hast Dir noch nie
darüber Gedanken gemacht, was ich genau
arbeite. Was ich in der Ausbildung gelernt
habe. Du denkst, ein bisschen Rumballern,
das wars. Ein wenig mehr Respekt wäre
schön!"

Angelos ging zum Auto und fuhr davon.

Und Paul stand da wie ein begossener Pudel.

Und das Schlimmste: Angelos hatte recht.

Ich mache noch alles kaputt.

37

Paul hatte dem Besitzer des Panorama-Restaurants mitgeteilt, dass er gegen 15 Uhr mit einer Reisegruppe vorbeikäme zu Kaffee und Kuchen. Ach ja, er mache eine kleine Filmvorführung.

Der Besitzer war begeistert, denn nachmittags war der Besuch dünn. Allerdings wunderte er sich über einen Sonderwunsch: er sollte an jeden Tisch zwei Eimer stellen. So viele hatte er gar nicht. Also nahm er die großen Eimer, aus denen der „frische Tsatsiki" kam.

Kein Einziger der „Freiwilligen" fehlte.

Nachdem alle Platz genommen hatten, fing Paul mit seiner Rede an:

„Sie wissen alle, warum Sie hier sind. Keiner von Ihnen hat eine Strafverfolgung zu befürchten, unter der Voraussetzung, dass ich keinen von Ihnen – KEINEN – jemals wieder bei etwas Kriminellem erwische.

Es dient auch Ihrer Sicherheit. Warum, werden Sie gleich sehen. Jeder von Ihnen wird sich das bis zum Ende ansehen, verstanden?"

Er blickte in ratlose Gesichter.

„Yannis, leg´ die CD ein!"

Die Reaktion war interessant.

Erst zeigten die Gesichter Erstaunen, dann wurden sie bleich.

Dann folgte die erwartete Reaktion. Die Eimer wurden benutzt, manche der Frauen fielen in Ohnmacht.

„Aufhören", schrien einige.

Und Paul hatte Erbarmen. Er schaltete vor der Vergewaltigung des Kindes ab.

„Lassen Sie die Finger von dem Zeug. Halten Sie sich damit diese Monster vom Hals. Sorgen Sie für Ihren Schutz. Wir können beim besten Willen nicht alle hier überwachen und schützen. Schlösser erneuern, Alarmanlagen erneuern und wenn der eine oder andere eine Waffe zuhause hat: putzen und einölen. Und vielleicht ein paar Schießübungen machen. Aber bitte nicht an den Stränden. Bringen Sie Ihre Kinder zur Schule und holen Sie sie wieder ab. Einen schönen Nachmittag noch!"

Keiner sagte auch nur ein Wort beim Verlassen des Restaurants.

„Die sind kuriert", dachte Paul. „Und schlaflose Nächte plus Angst sind manchmal nicht verkehrt. Zur Schärfung der Sinne!"

38

Doch eine Schärfung der Sinne stand Paul auch bevor. Angelos war sauer. Yannis fuhr Paul nach Hause, was dem überhaupt nicht passte. Er wollte nicht, dass Dritte – und schon gar nicht im Büro – von einem häuslichen Streit erfuhren.

Das „Viel Glück!" von Yannis war zwar gut gemeint, immerhin, aber …

Doch das Versöhnungsgespräch von vor einer Woche, mit dem Versprechen, wirklich alles sofort auszusprechen, war noch nicht vergessen.

Kaum hatte Paul das Haus betreten, sagte Angelos, der auf der Couch saß:

„Ich hätte nicht einfach wegfahren sollen. Ich wusste zwar, dass Yannis Dich nach Hause fährt., aber es war nicht in Ordnung. Tut mir leid."

Paul lächelte. Erleichterung. Kein Abtasten, kein zähes Gespräch.

„Vergessen. Und Du hattest ja recht. Ich vergesse manchmal, Dich nicht nur als meinen Gatten zu schätzen, sondern auch, was Du beruflich leistest. Dass Du wahr-scheinlich mehr gelernt hast, als ich je lernen werde. Mehr Respekt für Deine Arbeit. Begriffen! Versprochen."

„Was mir allerdings tatsächlich fehlt, ist Deine listige Art zu denken, also bei der Arbeit. Ich meine das nicht böse!"

„Du denkst an meine unkonventionellen Methoden und manch subtile Erpressung?", fragte Paul.

„Ja!"

„Aber ganz ehrlich. Dein Rundruf bei den Clubs, dass sie die Bestellmenge der Lia-Käufer ausgleichen müssen, hat wahrscheinlich erstmal ein paar Leben gerettet. Ich habe daran nicht gedacht."

„Offensichtlich sind wir zu zweit doch nicht ungefährlich", meinte Angelos und lachte.

„Du meinst, wir können auch anderes als öffentliches Ärgernis erregen?"

„Auf jeden Fall!"

Abends lagen die beiden im Bett. Paul kuschelte sich an Angelos´ Brust. Der Körpergeruch seines Mannes hatte eine Wirkung, die Paul noch immer glücklich machte.

„Sag mal, sabberst Du mir auf die Brust?", fragte Angelos. „Es ist irgendwie feucht!" Paul sagte nichts. Angelos schob Paul etwas weg.

„Du weinst ja. Was ist?"

„Darf man keine Träne vergießen, wenn man glücklich ist?"

Angelos lächelte breit.

„Oh Paul. Ich bin hier, ich bleibe hier. Nichts kann mich von hier vertreiben. Selbst Du wirst das nicht schaffen!"

„Obwohl ich mich manchmal bemühe", antwortete Paul. „Aber ich bessere mich, oder?"

„Ja, Herr Markaris."

Paul lachte. Ihm fiel auf, dass er seinen alten Namen schon lange nicht mehr verwendet hatte. Andere brauchen dazu Monate, unterschreiben noch eine Ewigkeit mit dem früheren Namen. Er hatte das „Markaris" sofort verinnerlicht.

„Ich habe Angst. Die CD macht mir Angst. Sie werden uns früher oder später finden."

„Dann werden wir uns wehren. Aber ich weiß, was Du wirklich denkst. Du hast Angst um mich. Weil Du glaubst, ohne mich nicht leben zu können."

„Was auch stimmt. Und jetzt sag die Wahrheit. Du weißt, dass ich nicht ohne Dich kann!"

„Ich weiß es, Paul."

Pause.

„Aber Deine Grundannahme ist falsch und unfair. Als ob ICH ohne Dich leben könnte. Ich könnte es nicht. Meine Liebe ist nicht weniger stark, meine Liebe ist nicht weniger ehrlich. Ich dachte eigentlich, meine Mutter hat es Dir deutlich erklärt. Ihr Sohn braucht Dich, sonst kommt er nicht zurecht. Sicher: dass man ohne den anderen nicht leben kann, sagen wohl alle Verliebten. Passiert es dann, folgen ein paar Monate Trauer und dann fängt man sich wieder. Aber bei mir würde es nicht funktionieren. Ich bin an der Vergewaltigung fast zerbrochen. Dann kamst Du! Ich will also nie mehr hören, dass Du mich mehr liebst als ich Dich."

Er sagte es ohne Groll, in vollkommener Ruhe, ja fast sogar still.

„Aber Angst um Dich darf ich haben?"

„Natürlich. Wer möchte schon einen …"

Dann kam die übliche Pause.

„… so gutaussehenden und intelligenten und humorvollen … was fehlt noch?"

„Scharfsinnig?"

„…scharfsinnigen Mann verlieren!"

39

Es war windig. Nordwind. Kalt.

Und so war das Cabrio geschlossen. Endlich, dachte Paul.

Kein verbranntes Hirn mehr, keine Gespräche mehr, bei denen der eine den anderen nicht verstand.

„Sag mal, was hat Dir Miguel eigentlich erzählt, nach Deiner Charme-Offensive?", knurrte Paul.

„Jeder setzt seine Stärken ein", meinte Angelos lapidar.

„Du meinst Dein Aussehen!"

„Nein. Wenn du merkst, dass ein Zeuge oder Verdächtiger dich mag oder mehr, wie auch immer, dann musst du diesen Vorteil nutzen. Alles andere wäre dumm."

„Da hast Du schon recht, aber man muss deswegen nicht jedem Verdächtigen das Ohr lecken", sagte Paul.

Angelos lachte.

„Gott, bist Du süß!"

Süß?

In den 53 Jahren zuvor war noch nie ein Mensch auf die Idee gekommen, ihn „süß" zu nennen. Rüpelhaft, übellaunig und unhöflich waren die üblichen Bezeichnungen.

„Also was hat er nun gesagt?"

„Dass er keine Wahl hatte. Aber nicht wegen der CD. Er hat zwar das Hotel geerbt, aber es ist vollkommen überschuldet. Sein Freund hat wohl auf zu großem Fuß gelebt. Zu viele Privatentnahmen. Durch den Zusatzverdienst hoffte er, finanziell mehr Luft zu bekommen. Eine Erbschaft ist nicht immer ein Segen."

„Ich dachte immer, Hotelbesitzer auf Mykonos schwimmen im Geld", murmelte Paul, „sonst noch was?"

„Ja. Die Zahlungen werden im Voraus geleistet. Auf ein Treuhandkonto in Asmara."

„Asmara?"

„Eritrea, Paul."

„Und ich dachte immer, diese Sorte Geld wandert auf die Cayman-Inseln."

„Zeiten ändern sich!"

Sie waren auf dem Weg zu einem unerquicklichen Termin. Sie mussten mit dem Richter das weitere Vorgehen absprechen. Denn Dutzende Verdächtige, die an Drogenhandel im großen Stil beteiligt waren, nicht festzunehmen, lag nun doch weit außerhalb der Kompetenzen Pauls.

Als sie am Gericht ankamen, war die Überraschung groß, denn auch der Bürgermeister war zugegen. Was Pauls Blutdruck schon in Wallung brachte.

„Die Herren Markaris! Schön, dass wir uns mal unter normalen Umständen sehen", meinte Richter Mantzaris.

Normale Umstände? Hat dieser Idiot nicht die CD gesehen?

„Zunächst muss ich sagen, dass es mir erheblich gegen den Strich geht, diese Kriminellen davonkommen zu lassen. Ja, Kriminelle, Herr Bürgermeister. Erzählen Sie mir jetzt nicht irgendwas von ehrbaren Bürgern!"

„Das behauptet keiner. Aber wissen Sie, was auf dieser Insel los ist, wenn Sie die festnehmen lassen? Und wer passt auf deren Familien auf? Die zwei da?"

Der Bürgermeister deutete auf Paul und Angelos.

„'Die zwei da' haben das Ganze erst entdeckt!", blaffte der Richter zurück.

Aha. Herr Richter und Herr Bürgermeister mögen sich nicht. Schon mal ein guter Anfang.

Der Richter wandte sich – wie sollte es anders sein? – an Angelos.

„Junger Mann, das haben Sie beide sehr gut gehandhabt. Aber letztendlich müssen wir irgendwann den Lieferverkehr stoppen. Und dann wird es gefährlich. Für alle Beteiligten. Was wäre Ihr Vorschlag?"

„Nun, natürlich müssen wir den Handel unterbinden. Aber das sollte der Geheimdienst und das Militär machen. Das ist – mit Verlaub – für die Polizei eine Nummer zu groß. Wir sollten aber vorher möglichst geräuschlos die Familien der Clubbesitzer in Sicherheit bringen. Dann müssen die Läden halt mal zwei Wochen ohne deren Besitzer auskommen. Ob sie dann, wenn sie zurückkommen, in Sicherheit sind, kann niemand wissen. Natürlich sind sie selber schuld, aber wenn man die CD gesehen hat…", sagte Angelos.

„Ach ja, die CD. Ich habe sie noch gar nicht gesehen! Moment. Haben wir gleich."

Angelos stand auf und stellte den Papierkorb auf des Richters Tisch.

„Den werden Sie brauchen!"

Und so war es auch. Nach diversem Stöhnen übergab sich Herr Richter Mantzaris.

„Verfluchte Scheiße. Junger Mann, Sie haben vollkommen recht. Sprechen Sie mit Ihren Vorgesetzten und tun Sie, was Sie können. Ich vertraue Ihnen voll und ganz."

Dann wandte er sich an den Bürgermeister.

„Und Sie halten sich aus allem raus! Ich will nicht, dass aus dem Rathaus irgendwas nach außen dringt."

„Aber der Abtransport von mehreren Familien wird sich herumsprechen. Allein das Personal in den Clubs weiß es sofort. Wir gewinnen nur ein bisschen Zeit. Wir können aber Folgendes machen. Wir verpflichten die Besitzer, die nächsten zwei Wochen zwar Ware abzunehmen, und auch zu bezahlen, aber nicht weiterzuverkaufen. Im Gegenzug für Straffreiheit. Solange die Ware abgenommen und bezahlt wird, kann es den Hintermännern egal sein. Damit gewinnen wir Zeit!"

„Junger Mann, vielleicht sollten Sie unser nächster Polizeipräsident werden."

„Das bin noch immer ...", setzte Paul an.

„Klappe, Paul!", sagte Angelos. „Das war ein Scherz. Und außerdem weiß der Richter, dass wir das beide zusammen waren."

Was nicht stimmte. Die besten Ideen kamen zweifellos von Angelos.

„Dann machen wir es so. Natürlich danke ich Ihnen beiden", sagte der Richter und verstand Angelos´ Wink.

Beim Hinausgehen meinte Paul:

„Man könnte meinen, der Richter hat sich in Dich verknallt."

Angelos lachte.

„Er mag mich. Na und?"

40

Am nächsten Morgen kam Nikos, Angelos´
Chef, mit der 10.30 Uhr-Maschine aus Athen.
Angelos holte ihn ab. Das Cabrio hatte nur
zwei Sitzplätze – das hatten die Herren beim
Kauf nicht bedacht. Oder besser Angelos. Er
wollte das Auto unbedingt – und hatte es ja
auch bezahlt.
„Schöner Schlamassel!", brüllte Nikos gegen
das Geräuschknäuel aus Motorenlärm, Wind
und Umgebung an.
„Besser, als wenn wir es nicht entdeckt
hätten", brüllte Angelos zurück.
Zuhause in Kalafati begrüßte Paul Nikos mehr
als herzlich.
„Ich danke Dir, dass Du an das Blutbild
gedacht hast. Sonst wären wir wohl nicht
mehr zusammen. Hoffentlich haben die
Neuen mehr Charakter!"
„Das hoffe ich auch. Ich habe mir Mühe
gegeben."
Paul setzte sich an den Küchentisch und
schaute trotzdem deprimiert. Im Wohnzimmer
fragte Nikos Angelos leise:
„Was hat er denn?"
„Ich glaube, ich weiß es", meinte Angelos
und ging in die Küche.
„Paul. Du bist sauer, weil der Richter mich
gelobt hat, oder?"

„Nein, Großer. Du tust mir unrecht. Er hatte mit seinem Lob ja recht. Ob jetzt Chris oder Miguel, das Anrufen bei den Clubbesitzern oder der Vorschlag, sie sollen weiterkaufen. Alle wichtigen Ideen stammten von Dir! Und ich frage mich, warum mir das alles nicht eingefallen ist. Es ist kein Neid. Es ist …"

„Du glaubst, Du hast versagt? Das ist lächerlich. Du achtest auf Dinge, die ich übersehe und umgekehrt. Das ist kein Wettbewerb!"

Paul stand auf und küsste Angelos auf die Wange.

„Du hast recht. Und ich gönne Dir das Lob. Ehrlich! Du siehst, ich bin lernfähig! Aber mit 53 ist das schwierig. Gib mir etwas Zeit!"

„Ist der Schwanzvergleich jetzt vorbei? Können wir uns jetzt um die Sache kümmern?"

„Zu Befehl, Chef!"

„Also: die Drogenfahndung hat mich vorgestern angerufen. Das Zeug ist mittlerweile in Athen angekommen. Zwei Jungs liegen im Koma. Natürlich kommt es über den Hafen von Piräus. Die glauben, es kommt über den Inlandshafen. Ohne Kontrolle von Mykonos. Würde bedeuten, dass euer Hafenmeister doch darin verwickelt ist!"

„Kostas? Warum hat er uns dann geholfen?"

„Um euch von den anderen Lieferungen abzulenken. Oder sie umgehen ihn. Ist ja in einem Hafen ohne richtigen Zoll kein großes Problem. Aber er interessiert uns nicht."

„Sonst noch was?", fragte Angelos.

„Ja. Die Überweisungen gehen zwar nach Asmara, landen aber nach einigen Zwischenstationen in Beirut."

„Du lieber Gott. Die machen dort bekanntlich nicht viel Federlesen", sagte Paul.

„Nein. Vor allem, wenn noch irgendwelche andere Gruppierungen beteiligt sind. Zum Beispiel …"

„… die Hisbollah. Na vielen Dank", ergänzte Angelos.

„Aber wir haben keine Wahl. Wenn die Familien in Sicherheit sind, müssen wir zugreifen."

„Wo sind die Familien?", fragte Paul.

Angelos lachte.

„Das sagen wir nicht mal Dir", sagte Nikos.

41

Die Vorbereitung der Razzia zur See war aufwändiger als gedacht. Ein Vorteil war, dass sie am Tage stattfinden konnte, denn das Strandboot verkehrt nur tagsüber. Ein Strandboot bei Nacht wäre jedem Idioten aufgefallen. Aber: jedes Schiff ist deutlich sichtbar. Eine direkte Verfolgung des Liefer- und des Strandbootes würde sofort bemerkt. Da die Amerikaner beim Thema Drogen meist sehr kooperativ sind, hatte man eine Drohne zur Verfügung, die sich hauptsächlich dem Lieferboot widmen sollte.

Das Strandboot könnte man sich zur Not auch auf dem Weg zu den Verkaufsstellen schnappen. Diese nahmen ja die Ware noch ab, gaben sie aber nicht weiter.

So war Angelos´ Deal mit den Clubbesitzern. Die letzten Familien wurden vorsorglich am Tag vorher „verschickt" worden. Angelos schwor, dass man es nicht einmal ihm gesagt hatte, wohin.

Die ganze Operation war deutlich größer als bisherige, die Mykonos gesehen hatte.

Die Marine war mit zwei Schnellbooten dabei. Die Wasserschutzpolizei mit zweien ihrer Kähne. Diese waren zwar viel zu langsam für eine Verfolgung, konnten aber beim even- tuellen Entern oder als Standort für die Scharf-

schützen hilfreich sein. Neben Angelos war noch ein zweiter Kollege vom EYP da.
Nikos – höchstens 25 und gerade frisch aus der Ausbildung.
Paul betrachtete ihn mit größter Skepsis.
Seine Erfahrung mit Angelos´ Kollegen waren nicht die besten.

Im türkischen Incirlik, der größten amerikanischen Basis in der Region, verfolgte man die Bewegungen im Seeraum Ägäis.
Und der ist einer der dicht befahrensten Meeresabschnitte der Welt. Dazu Tausende Inseln, die einen freien Blick über weite Flächen unmöglich machte. Nur mit Booten war die Aktion nicht durchführbar.
Woher würde das Schiff kommen?
Aus Zypern, aus Beirut oder eher von Süden.
Denkbar war alles, denn viele Informationen hatte man nicht.
Die Herren des Strandbootes wurden zwar unsanft in die Mangel genommen – das übernahm die Marine.
Aber sie bekamen eine Stunde vor der Übergabe GPS-Daten, die natürlich jedes Mal wechselten.
Das war der einzige Kontakt.
Wenig effektiv.
Und die Herren vom Strandboot zitterten vor Angst. Sie konnten nicht evakuiert werden.

Natürlich kannten auch sie die berühmte CD. Sie machten Gesichter, als wären sie schon tot.

„Nun macht nicht so ein Gesicht. Sonst riechen die Lunte. Oder ihr wollt mit den Amis nach Incirlik. Wo immer die euch dann hinschaffen", sagte Angelos.

Fies, aber effektiv.

Natürlich würde man griechische Staatsbürger nicht in irgendwelche IS-Gefängnislager verbringen. Obwohl: manche Dinge, die wir als gegeben sehen, werden anders gehandhabt, gerade im Bereich der Geheimdienste. Die strenge Trennung, die strikte Befolgung der Verfassungen oder richterlicher Anordnungen – Makulatur angesichts der „weltweiten Bedrohung", die als Rechtfertigung für alles herhalten muss.

Angelos´ Drohung war also nicht ganz aus der Luft gegriffen.

„Drei Schiffe aus Süden", war die erste Meldung.

Eines drehte ab zur türkischen Küste.

„Noch zwei aus Süden."

Die Spannung wuchs.

„Es ist ein mittlerer Fischkutter auf der Route. Wie erwartet. Nicht zu neu und kein Museumskutter.

Unauffällig halt.

Leider meldete Incirlik, dass die Herrschaften wahrscheinlich großes Kaliber an Bord hatten.

„Vergiss es, Nikos. Das gibt ein Blutbad. Mit riesigen Schlagzeilen, wenn die meisten Toten Griechen sind", sagte Paul.

„Er hat recht, Nikos. Mit Waffen haben wir ja gerechnet. Aber nicht mit einem umgebauten Zerstörer!"

Nikos war unschlüssig.

„Wir kriegen dann aber niemand zu fassen!"

„Spielt das eine Rolle? Mehr als vorläufig unterbrechen können wir die Lieferungen ohnehin nicht. Es werden andere kommen. Und was haben wir davon, wenn sie bei uns im Gefängnis sitzen? Es wird zu einem Rache-Feldzug gegen UNS. So wären es die Amerikaner. Wenn die mitspielen", meinte Angelos.

„Wir haben dann nur die Strandbootler. Fußvolk!"

„Besser als Dutzende Tote!", sagte Angelos.

Oh ja, bitte, dachte Paul. Überzeuge ihn. Wozu hatte man denn diese Drohnen, wenn nicht für solche Gelegenheiten?

„Die werden sich nicht leicht überzeugen lassen. Beobachten ist etwas anderes als abschießen."

„Die brauchen uns wieder", sagte Angelos.

„Schon, aber die werden das nicht alleine entscheiden dürfen. Und das Boot ist nur noch 12 Minuten entfernt!"

„Möchtest Du, dass die abdrehen und das Zeug dann eine Woche später kommt? Bei einem Abschuss brauchen die Zeit, um die Logistik neu aufzubauen. So schnell geht das auch nicht. Vor allem, da die Verbindung auf Mykonos gekappt ist".

Angelos setzte Nikos zu.

Und der gab nach.

„Stimmt der Kurs mit den GPS-Daten überein? Nicht, dass wir ein Fischerboot versenken!"

„Ein Fischerboot mit Großkaliber? Ich bitte Dich", sagte Angelos.

Drei Minuten später erschütterte eine Explosion die Ägäis. Die griechische Armee sprach von einer Schießübung.

42

Zwei Tage nach der Razzia bestellte Nikos Paul und Angelos nach Athen.

„Seltsam. Vor allem, was will er von mir?", fragte Paul.

Aber Angelos wusste es. Oder besser: er ahnte es. Und er verriet Paul seine Ahnung nicht. Es würde reichen, wenn er bei Nikos ausflippen würde.

So kam es dann auch. Zunächst begann es harmlos.

„Die Herrschaften vom Strandboot haben mehr Angst vor denen als vor uns", meinte Nikos.

„Nicht ganz unberechtigt. Denn im Gefängnis sind sie auch nicht sicher. Die Arme der Drogenhändler sind wie die von Kraken. Sie kommen überall hin."

„Dazu müssten sie aber wissen, wo die sitzen. Und sie tun es vorerst nicht in Griechenland." Die Frage ‚Wo?' verkniff Paul sich.

Es gibt aber ein anderes Problem. Die Israelis haben die gleichen Schwierigkeiten wie wir – nur mit ein paar Wochen Zeitverzögerung. Das Teufelszeug überschwemmt gerade Tel Aviv, deren Party-Town. Ich habe ihnen alles erzählt, was wir wissen. Sie haben auch genügend Leute in Beirut. Das ist nicht das Problem.

„Es fehlt ihnen ein Scharfschütze", sagte Angelos.

Und Paul erstarrte.

„Genau. Sie haben zwar genügend in der Armee, aber die will nicht riskieren, dass einer ihrer Leute in Beirut erwischt wird. Beim Mossad haben sie drei frei, aber die liegen mit Salmonellen flach. Die Amerikaner wollen nicht. Ein toter Ami gäbe einen Medien-aufstand – und das kurz vor den Wahlen. Und da wir das Ganze aufgedeckt haben …"

„DU HAST WOHL EINEN KNALL? DU WILLST IHN NACH BEIRUT SCHICKEN? Da kannst Du ihn gleich hier erschießen", schrie Paul.

„Du hast kein großes Vertrauen in die Kompetenz Deines Mannes", sagte Nikos spitz.

AUTSCH. MIST.

„So hatte ich das nicht gemeint."

Er schaute Angelos an und sagte: „Und das weißt du! Aber die Gefahr ist absurd hoch. Ausgeflippte Schiiten – oder was auch immer – und Drogenhändler, die Kinder vergewaltigen."

Und Paul wurde immer lauter.

„Sie werden ihn foltern und Du weißt, dass Angelos schon einmal …"

„PAUL, KLAPPE!"

Und da begriff Paul.

Dass Nikos nichts von der Vergewaltigung wusste. Himmel. Ich bin der größte Idiot auf der Welt.

Das wird er mir nicht verzeihen. Meine beschissene Klappe, die ich nicht halten kann.

„Das verstehe ich jetzt nicht. Was wolltest Du mir sagen?", fragte Nikos.

„Ach, vergiss es. Es ist Wahnsinn!"

„Jetzt hör mir mal zu. Ohne mich wärst Du schon tot und eure Ehe gäbe es ohne mich auch nicht mehr. Und glaube ja nicht, dass ich das für alle meine Agenten mache. Deren Privatkrisen sind nicht mein Problem. Die einzige Ausnahme seid ihr!", brüllte jetzt Nikos. Punkt für ihn.

Ohne Nikos hätte Paul Angelos gar nicht kennengelernt und er hatte auch die beiden Krisen entscheidend beeinflusst, besser: beendet.

„Können wir uns jetzt bitte alle ein wenig beruhigen?", fragte Angelos.

Mit der Seelenruhe, die ihn kennzeichnete.

„Warum ich, Nikos?"

„Weil ... ach, das weißt Du ganz genau. Und ich habe überhaupt nur zwei, die Arabisch sprechen!"

Paul fiel die Kinnlade herunter.

Er sah Angelos an.

„Du sprichst Arabisch?"

„Jup."

Da begriff Paul endlich, dass er seinen Mann bisher sträflich unterschätzt hatte. Wieder mal war er der Idiot.

„Kannst Du uns kurz alleine lassen?", fragte Paul Nikos.

„Ich soll aus MEINEM Bü ... Ihr zwei geht mir gehörig auf den ..."

Und stürmte aus seinem Büro.

„War das nötig? Ist immerhin mein Chef", brummte Angelos sichtlich verstimmt.

„Angelos, es tut mir leid, dass ich mich mit der Vergewaltigung fast verplappert habe. Ich ging fest davon aus, dass er es weiß!"

„Du glaubst, mit sowas geht man bei seinem Chef hausieren? Er weiß auch nicht, dass ich in den Monaten danach ein größeres Alkohol-problem hatte."

Angelos und Alkohol? Gut, man muss in einer Beziehung nicht sein ganzes Leben aufdrö-seln. Man darf auch manches verschweigen. Stop! Er hatte es mal nebenbei erwähnt!

„Du willst es machen, oder?", fragte Paul, obwohl er die Antwort schon kannte.

„Wollen? Nein. Aber es ist mein Job."

Paul seufzte.

„Und weil ich Besserung gelobt habe und Deinen Beruf respektieren soll, muss ich Dir jetzt auf die Schulter klopfen und ,Super' sagen? Ich habe tierisch Angst. Um Dich! Und mich! Hast Du mal daran gedacht, wie es mir geht?"

Fehler. Angelos tat es sehr wohl.

„Sorry, ich weiß, dass Du das tust. Himmel, ich bin halt nicht zurechnungsfähig, wenn es um Dich geht!"

Angelos lächelte. Gott sei Dank.

„Das weiß ich doch. Warum liebe ich Dich wohl?"

Nikos kam wieder zurück in sein Büro – brummelnd.

„Du hast für Deinen Kontakt mit den Israelis einen Decknamen!"

Da musste Paul lachen.

„Apollo fünf?"

„Sehr witzig. Warte, irgendwo habe ich es. Ah, hier. Leopard!"

Und Angelos wuchs um zehn Zentimeter.

„Ah nein. Es heißt ‚Rosa Leopard'!

Und Angelos explodierte.

„Das reicht. Danke. Wenn die sich über mich …"

„Oh jetzt beruhige Dich. Würdet ihr bitte authören, immer ‚Diskriminierung' zu schreien, wenn es keine gibt? Die eigenen Agenten sind rot, feindliche blau. Befreundete sind rosa. Hat nichts mit der Sexualität zu tun, Angelos. Himmel! Es ist nur ein Codename!"

So ganz überzeugt war er aber nicht.

Paul hielt sich wohlweislich zurück.

Ihm gefiel der Name.

Er mochte rosa. Und Leopard war doch sehr schmeichelhaft.

Nachdem sie das Büro verlassen hatten, nahm Paul Angelos in den Arm.

„Darf ich Dich in Zukunft meinen rosa Leoparden nennen?"

„Mir wäre es ohne rosa lieber", murmelte Angelos, noch nicht ganz besänftigt.

„Dann lass uns nach Hause gehen. Ich möchte meinen Leoparden noch ein wenig verwöhnen!"

43

Mittag. High Noon.
Um zwölf würde er gehen.
Athen und dann Beirut.
Paul fühlte nichts als Leere. Ein Gefühl, das er
nicht mehr kannte. Es war klar, dass es keine
kurze Abwesenheit sein würde.
Von der Gefahr ganz abgesehen.
Angelos hatte ihn gefragt, ob es ihm besser
ginge, wenn seine Mutter käme. Zu zweit
leidet es sich leichter.
Es zeigte, dass er sich wirklich Gedanken
machte.
Aber so sehr Paul Merlina auch schätzte ...
„Ich muss es wohl lernen, zeitweise allein zu
sein. Und mit der Angst zu leben. Ich weiß, es
gibt Dich nur so. Zu den Bedingungen. Es
gefällt mir nicht, wie auch. Aber ich verstehe,
dass Du Rückendeckung brauchst. Dass ich
an Dich denke, wahrscheinlich mehr als mir
guttut, weißt Du. Mehr Unterstützung kann ich
Dir nicht bieten. Wenn ich mitfahren würde,
wärst Du noch mehr in Gefahr. Bei meinen
Schießkünsten."
Was Paul überraschte: Angelos hatte Tränen
in den Augen. Das gab es selten. War es
Rührung? War es Angst? Beides?
War es jetzt er, Paul, der IHN aufbauen
musste?

Und er erkannte schnell, dass es so war.

„Jemand Besseren können sie nicht schicken. Ich bin immer da. Auch wenn ich 1000 Kilometer weg bin. Aber das spielt im Kopf keine Rolle!"

„Weißt Du, dass ich furchtbar stolz bin auf meinen alten Mann? Er arbeitet an sich und hält, was er versprochen hat. Entschuldige, ich muss jetzt raus, sonst …"

Würde er es nicht mehr schaffen zu gehen.

44

Paul hatte schlecht geschlafen, weil alleine.
Er war nicht mehr daran gewöhnt.
Dabei kannte er jahrelang nichts anderes und
hatte auch jede Hoffnung verloren, dass es je
anders kommen würde.
Dann kam er. Und alles änderte sich.
Und ausschließlich zum Guten.
Die zwei großen Krisen waren nicht Angelos´
Schuld. Es waren Versuche von außen, die
beiden zu trennen.
Erfolglos.
Paul war sich zwischenzeitlich sicher, dass es
so war, wie Angelos Mutter sagte. Er braucht
mich, genauso wie ich ihn brauche.
Seitdem dies klar war, wurden Pauls Verlust-
ängste kleiner. Und die Eifersucht.
Angelos registrierte es und honorierte es. Nicht
durch Duschen, nein, nicht nur. Er war ohne
Ausnahme immer rücksichts- und gefühlvoll.
Wäre nur nicht sein dämlicher Job.
Mit DER Angst kam Paul nicht zurecht und
würde er auch nicht.
Beirut. Der letzte Ort, wo man sich aufhalten
sollte. Gut, Bengasi oder Gaza wären auch
nicht besser.
Es klingelte an der Tür. Gänsehaut.
Es war Nikos, der sofort loslegte.
„Beruhige Dich. Ihm ist nichts passiert.“

Und leise fügte er hinzu: „Zumindest noch nicht!"

„Was ist passiert?", fragte Paul und ließ die Schultern hängen.

„Er ist aus dem Hotel verschwunden. Kein Kontakt. Ich befürchte, er wurde entführt!"

„Bravo. ‚Wir passen auf ihn auf. Die Israelis können das' Das waren DEINE Sprüche", brüllte Paul.

„Man wird ihn foltern, dann das Gesicht abziehen…"

Er brach in Tränen aus.

Wie durch einen Nebel hörte er Nikos´ Stimme.

„Alle suchen nach ihm. Israelis, Amerikaner, Deutsche …"

„Ich kann ihn da nicht alleine lassen!", sagte Paul. Nikos blickte ihn entgeistert an.

„Bist Du verrückt? Was könntest Du erreichen, glaubst Du? Als Rambo ins Hisbollah-Hauptquartier gehen und sagen ‚Hallo, ich bin der Polizeipräsident von Mykonos und Ihr seid alle verhaftet?'"

„Nein. Aber er soll spüren, dass ich da bin."

„Seit wann glaubst Du an Telepathie oder Esoterikkram? Der Pandis von früher …"

Weiter kam Nikos nicht.

„Den gibt es nicht mehr", sagte Paul.

Nikos rastete fast aus.

„Du bringst ihn in noch größere Gefahr. DU!

Du sprichst kein Wort Arabisch, wahrscheinlich auch kein Französisch, es ist absurd!"
Aber Pauls Entscheidung stand fest.
„Ich kann ihn dort nicht alleine lassen.
Ich liebe ihn. Und ich fahre nach Beirut. Oder nach Timbuktu. Wo immer ich ihn finden kann. Und Du vergisst, dass ich zwei Mann mit Schüssen ins Auge erledigt habe. Ich bin nicht der Trottel, für den Du mich hältst!"
Nikos resignierte.
Wie sollte er den Israelis erklären, dass ein liebestoller Grieche im Anmarsch wäre?
Noch ein rosa Leopard.

45

Die Zentrale des israelischen Geheimdienstes liegt nicht am King Saul Boulevard, wie die Leser diverser Thriller meinen. Sie liegt in einem unscheinbaren Betonklotz am Stadtrand von Jerusalem.

Nikos gehörte zu den wenigen in Europa, die den Chef, Titel Generaldirektor, persönlich kannten.

„Und Ariel? Ich hoffe, Du hast gute Nachrichten."

„Leider nicht, Nikos."

„Herrgott. Ihr seid doch im Libanon mit Hunderten von Leuten vertreten. Wenn ich euch einen Mann ausleihe, erwarte ich, dass ich ihn wieder zurückbekomme!"

Griechen, dachte Ariel.

Wir vermissen laufend Leute, von denen wir die meisten lebend finden. Es dauert halt. Und muss dann gut vorbereitet werden.

Das Seltsame in diesem Fall: keiner weiß was. Das beunruhigte ihn, konnte er aber Nikos nicht sagen.

„Es ist mein bester Mann, Ariel!"

Ariel sagte nichts.

„Aber es kommt noch dicker. Sein Ehemann kommt nach Beirut, um ihn zu suchen."

„Das ist jetzt ein Witz!"

„Nein, ich befürchte nicht."

„Agent?"

„Äh, nein, Polizeikommissar. Aber ein guter!"

„Ein griechischer Polizist, der es in Beirut mit der Hisbollah aufnehmen will. Und das als Schwuler. Hat ihn vielleicht jemand darauf hingewiesen, dass im Islam ..."

Nikos unterbrach ihn.

„Glaubst Du, ich wüsste das nicht?"

„Mir gehen langsam die Codenamen aus. Wie wäre es mit ‚Liebestollem Kommissar'?"

Nikos wurde zornig.

„Beide sind meine Freunde. Also bitte etwas Respekt! Und tut endlich was!"

Nikos legte auf.

Gott schütze die zwei rosa Leoparden.

Vielleicht schaffen sie es doch eher zusammen.

Eine Frage quält ihn zusätzlich.

Zunächst war von Libyern die Rede, dann führte die Spur nach Beirut.

Was war, wenn sie sich getäuscht hatten oder in die Irre geführt wurden?

GRIECHISCHE
BRANDUNG

Der Mykonos-Krimi 1

Es waren noch zehn Meter, zehn endlose Meter.
Hinter sich hörte er heftiges Schnaufen.
Sie kamen näher.
Als er den Hof erreicht hatte, packte ihn eine
Hand am Hemdkragen. Er kam nicht mehr voran.
Fünf Meter vor dem Ziel.
Plötzlich spürte er einen furchtbaren Schlag von
vorne.

Und er hörte ein Krachen. Nein, er hörte und
SPÜRTE ein Krachen.

In der Regel lautet bei einem Mord die
entscheidende Frage: Wer ist der Mörder?
Nicht so im vorliegenden Fall. Kommissar Paul
Pandis von der Inselpolizei Mykonos quält
zunächst ein anderes Problem: Wer ist das Opfer?
Als er es endlich herausfindet, ist ihm klar, dass
dies keine normale Ermittlung wird.

JENSEITS VON MYKONOS
Der Mykonos-Krimi 2

Es war vorbei.
Seine Füße begannen zu versagen.

Immer wieder Wasser. Salzwasser. Es rann die Speiseröhre hinunter und brannte im Magen. Sehen konnte er auch nicht mehr viel. Das Salz brannte auch in den Augen.
Er merkte, dass er immer öfter unterging.
Wer hat mich verraten? WER?
Dann kam die Erkenntnis: Es ist egal. Denn Du bist tot.

Kommissar Paul Pandis steht ratlos in einer Kunstgalerie.
Auf einer Skulptur, einem blauen Stier, hängt eine Leiche, der Galeriebesitzer.
Und der war 94 Jahre alt.
Schnell ist Pandis klar, dass hier die Vergangenheit ihre Schatten wirft

MYKONOS LOVE STORY 1

Die brennende Gestalt taumelte und fiel mit einem Zischen zu Boden.
Ein letztes Stöhnen und es war vorbei.

Kommissar Paul Pandis steht vor einem Rätsel. Ein gewöhnlicher Buschbrand entpuppt sich als Doppelmord.

Doch Pandis hat noch ein Problem:
Er hat sich verliebt. In seinen Kollegen Angelos. Ein Coming-Out mit 53!
Sein Leben wird zur Achterbahn, aber auch zur glücklichsten Zeit seines Lebens.

MYKONOS LOVE STORY 2
PREQUEL 1

High Society wie die Kunstwelt blicken nach
Mykonos. Ein bisher verschollen geglaubtes
Zaren-Ei soll auf der Insel ausgestellt werden.
Ein Sicherheits-Alptraum für Kommissar Paul
Pandis.
Dennoch: zumindest keine Mordermittlung.
Zunächst.
Dann wird auf einer Yacht eine weibliche
Leiche gefunden.
Es ist Pandis´ Ex-Frau.
Und die war zuvor wenig begeistert davon,
dass Pandis nun mit einem Mann verheiratet
ist.

MYKONOS LOVE STORY 3
PREQUEL 2
Morgenröte über Mykonos

Er lag mit dem Rücken auf etwas und war
gefesselt. Was war hier los?
Ich bin doch nur ein Tourist?
Es muss ein Missverständnis sein.
Er konnte sich nur an einen Schlag erinnern.
Dann das große Nichts. Er hörte Schritte.
Chrysi Avgi, es lebe die Goldene
Morgenröte!"
Dann hielt einer der Männer seinen Kopf
hoch.
Der Andere rammte ihm zwei dünne,
orthodoxe Gebetskerzen in die Nase.

Kommissar Pandis und die ganze Insel sind
fassungslos angesichts zweier brutaler Morde.
Die Spur führt ihn zur „Goldenen Morgenröte",
einer rechten Splitterpartei.
Und für Pandis und seinen jungen Ehemann
Angelos wird es richtig gefährlich, denn als
Schwule sind sie das „Hassobjekt No.1!"

MYKONOS LOVE STORY 4

Gas Gas, Gas!
Der Motor röhrte.
Die Reifen qualmten.
Dann bekamen sie Grip.

Der Ferrari wurde immer schneller.
Passierte das Ortsschild.
Vor ihm der große Kreisverkehr.

Pedal, kein Druck, Erstaunen.
Pedal, kein Druck, Panik.
Dann flog er über das Geländer und krachte
in das Denkmal.
8 Min 42 Sekunden von Ano Mera.
Das war neuer Rekord. Es war sein letzter.

Kommissar Paul Pandis und Ehemann Angelos
halten es zunächst für einen Verkehrsunfall.
Das Unangenehme: Das Opfer ist der Sohn
des Bürgermeisters. Doch der Wagen war
gestohlen. Und es Ist beileibe nicht der erste
verschwundene Ferrari auf der Luxus-Insel.

Und eine weitere schwere Prüfung steht
Pandis bevor: Angelos´ Eltern kommen zu
Besuch.

MYKONOS LOVE STORY 5

Angelos ertappt Paul bei einem vermeintlichen Seitensprung – ausgerechnet mit seinem Bruder Christos – und verlässt Paul.
Als sich herausstellt, dass sie Opfer einer Intrige wurden, wird Angelos´ Bruder tot aufgefunden.

Und Angelos wird als mutmaßlicher Mörder verhaftet. Ein sehr persönlicher Fall für Kommissar Paul Markaris, (früher Pandis), in dessen Verlauf er selber zum Opfer wird – einer Vergewaltigung.

MYKONOS LOVE STORY 7

Fortsetzung des „Rosa Leoparden"

RÜCKKEHR DER LEOPARDEN

Noch immer sind Paul und Angelos, die beiden schwulen Ermittler aus Mykonos, hinter den libyschen Drogenhändlern her, die die Insel mit einer neuen Substanz überschwemmen. Und mit Folterdrohungen ganz Mykonos in Angst und Schrecken versetzen.
Doch dann wird Angelos entführt und gefoltert.

Als sich Paul auf die Suche begeben will, geschieht auf Mykonos ein Mord auf einem Kreuzfahrtschiff.
Was hat Priorität für Kommissar Markaris?
Natürlich sein Mann …

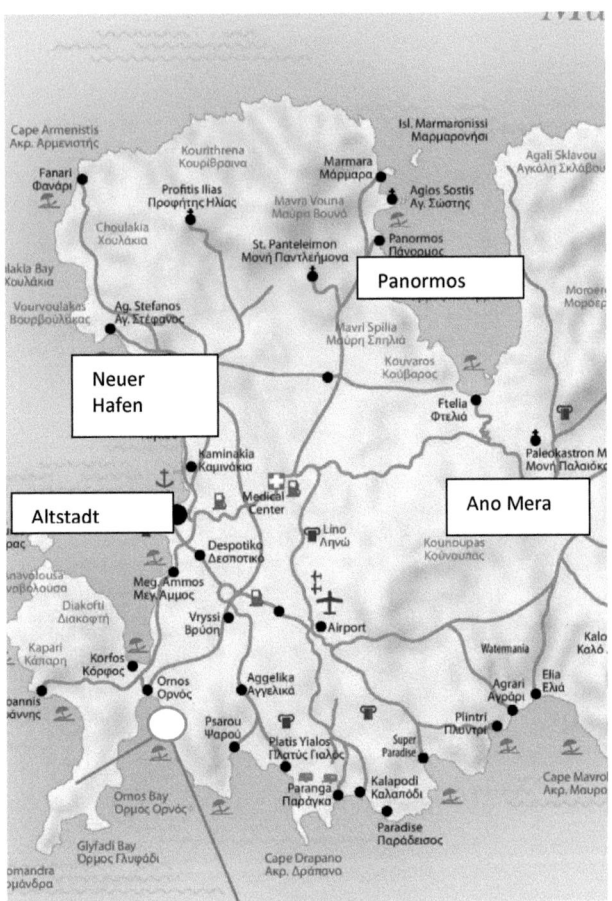

EYP ist der griechische Geheimdienst
(Ethniki Ypiresia Pliroforion).

OPKE ist die Spezialeinheit des
Innenministeriums.

ERT ist das Griechische Staatsfernsehen.